FOLIOTHÈQUE

Collection dirigée par

Bruno Vercier

Maître de conférences
à l'Université de
la Sorbonne Nouvelle-Paris III

Charles Perrault

Contes

par Marc Escola

Marc Escola

commente

Contes

de Charles Perrault

Gallimard

Maître de conférences à l'Université de Paris-Sorbonne (UMR 8599 du CNRS) et membre de l'équipe Fabula à l'École normale supérieure, Marc Escola est l'auteur de plusieurs livres et essais sur l'esthétique des genres à l'âge classique : formes brèves de la littérature morale (*La Bruyère*, Champion, 1999, 2 vol. ; *Lupus in fabula. Six façons d'affabuler La Fontaine*, Presses universitaires de Vincennes, 2004), poétique du récit (anthologie de *Nouvelles galantes du XVIIe siècle*, GF-Flammarion, 2004), « poèmes dramatiques » (édition des *Trois Discours sur le poème dramatique* de Corneille, GF-Flammarion, 2001, en collaboration avec B. Louvat ; *Le Tragique*, Flammarion, GF-Corpus, 2003).

RÉFÉRENCES

Notre édition de référence des *Contes* est celle établie en 1981 par Jean-Pierre Collinet pour la collection « Folio classique » (n° 1281), dont le lecteur est invité à lire le très riche appareil critique, et notamment les Notices (p. 275-296) respectives de chacun des contes.

Pour la commodité du lecteur, l'ensemble de nos citations de textes du XVIIe siècle ont été modernisées, et ne reprennent pas, pour les *Contes*, les capitales à l'initiale de certains mots, conservées par J.-P. Collinet (cet usage typographique relevant sans doute davantage des habitudes d'imprimerie que d'une claire volonté de l'auteur).

Pour distinguer le titre de chaque conte du nom de son personnage principal, les intitulés sont toujours donnés en italique.

NOM DE GENRE : « CONTES-DE-PERRAULT »

Les *Contes* de Perrault jouissent d'un privilège assez rare : on les connaît sans avoir à les lire. C'est là, dira-t-on avec Italo Calvino, la définition même d'une œuvre classique : « Les classiques sont des livres que la lecture rend d'autant plus neufs, inattendus, inouïs, qu'on a cru les connaître par ouï-dire [1]. » Le destin de ces minces récits reste cependant singulier en regard des grands chefs-d'œuvre de l'âge classique — s'agissant d'un recueil de formes brèves conçues comme des allégories, volontiers associé à l'enfance, songeons surtout aux *Fables* de La Fontaine.

1. I. Calvino, *Pourquoi lire les classiques*, 1984 pour la trad. fr. ; rééd. Le Seuil, coll. « Points », 1996, p. 10.

On découvre certes les *Contes* comme les *Fables*, dès la petite enfance, mais les récits de Perrault nous sont donnés dans des versions généralement remaniées où le nom de l'auteur compte moins que celui du héros : les noms du Petit Poucet, du Petit Chaperon rouge et du Chat botté nous sont bien plus familiers que celui de Charles Perrault, et l'on peut bien s'attacher aux uns en ignorant jusqu'à la date de publication des *Contes*, alors que les *Fables* sont résolument liées au nom de La Fontaine — lequel, si l'on y pense bien, n'est pourtant pas davantage que Perrault « l'auteur » des apologues publiés sous son nom, toutes fables qu'il reçoit d'Ésope, de Phèdre et d'une longue tradition pour les « mettre en vers français ».

Les versions des *Contes* sont en outre si nombreuses, et si souvent amendées, que l'on attribue spontanément à Perrault certaines variantes propres aux *Kinder-und Hausmärchen* des frères Grimm[1] (pour ne rien dire des versions de Disney) : ainsi du second épisode du *Petit Chaperon rouge* qui « rachète », avec l'enfant sorti du ventre du loup, ce que la fin originale du conte français pouvait avoir de brutal.

Cette émancipation à l'égard de la lettre des *Contes* est apparemment un gage de leur pérennité : on admettra sans peine que, sur le plan linguistique au moins, ces textes anciens appelaient quelques amendements pour rester accessibles aux enfants d'aujourd'hui — au risque parfois de curieuses bévues : ainsi de la merveilleuse pantoufle de verre dans *Cendrillon* devenue avec Balzac et Littré une prosaïque pantoufle de *vair*[2]. Rien de tel pourtant à l'égard des *Fables* qu'on fait lire et apprendre à ces mêmes enfants dans leur version littérale, en dépit des difficultés lexicales qui inquiétaient déjà Rousseau[3]. Imputera-t-on le respect dont jouissent les *Fables* à leur forme poétique, et à l'impossibilité d'offrir des variantes à un texte versifié ? Ce serait négliger le fait que trois des *Contes* de Perrault au moins sont en vers — et l'un des plus fameux : ce *Peau d'Âne* que nous connaissons surtout en prose...

1. Recueil de contes de fées réuni au début du XIXe siècle par les frères Grimm, qui offre des versions de contes publiés par Perrault : *Cendrillon, Le Petit Poucet, Barbe Bleue, Le Petit Chaperon rouge* (sous le nom de *Rotkäppchen*) et *La Belle au Bois dormant*. Voir Dossier, p. 205.

2. Voir la note de J.-P. Collinet, p. 335.

3. *Émile*, GF-Flammarion, 1966, p. 139 *sq.*

Comment comprendre encore que les versions les mieux répandues amputent les contes de leur « moralité », toujours versifiée par Perrault même pour ses contes en prose ? Imagine-t-on une fable ainsi coupée de sa morale ? Sait-on seulement que tous les contes de Perrault comportent une ou plusieurs « moralités » ?

Ajoutons qu'à l'exception des éditions savantes, les recueils qui circulent sous le nom de Perrault sont le plus souvent incomplets [1] ou interpolés : *Griselidis* (originellement désignée comme « nouvelle »), *Les Souhaits ridicules* ou *Les Fées* ne comptent pas parmi nos souvenirs d'enfance au même titre que *Barbe bleue* ou *Cendrillon*, et les éditions du XVIIIe siècle déjà amalgamaient aux textes de Perrault des contes de Mme d'Aulnoy ou Mlle Lhéritier, le genre ayant ici plus d'autorité que l'auteur de ses exemplaires. Sait-on d'ailleurs le nombre exact des *Contes* de Perrault ? Et peut-on seulement parler *du* recueil des *Contes* de Perrault, dans la mesure où les trois contes en vers, parus d'abord séparément puis réunis par Perrault en 1694, et les huit contes en prose publiés en 1697 sous le titre d'*Histoires ou Contes du temps passé* pour être attribués à Pierre Perrault Darmancour, fils cadet de l'académicien, ne furent juxtaposés qu'en 1781 seulement et alors tout uniment attribués à Charles Perrault ? On le verra : l'histoire de ces *Histoires* est à elle seule une manière de conte [2].

Faut-il faire fond sur l'unité des onze

1. Ainsi en va-t-il de l'édition procurée par Nathalie Froloff dans un volume « Folio classique » à vocation scolaire (1999), qui écarte le premier en date des *Contes*, *Griselidis*, sans s'expliquer sur cette omission.

2. Voir ci-dessous, p. 59 *sq*.

contes ? Un même « air de famille » unit peut-être ces *Histoires du temps passé* (on aura à préciser lequel), mais toutes ne sont pas uniformément merveilleuses : les bottes de sept lieues de l'ogre dans *Le Petit Poucet* sont bien un attribut magique, quand celles de l'élégant Chat botté ne semblent pas avoir de vertu propre ; et tous les contes ne font pas la même place aux ressorts anthropomorphes : parmi les onze contes finalement réunis, seul *Le Chat botté* peut passer pour un authentique conte animalier...

Et pourtant : Charles Perrault partage avec La Fontaine le rare privilège d'avoir si bien associé son nom à un genre que tout conte merveilleux, au moins dans la culture française et sauf à relever de la tradition orientale issue quelques années plus tard des *Mille et Une Nuits*[1], est un peu un « conte-de-Perrault » comme tout apologue est fable de La Fontaine. On ne prête qu'aux riches : un esprit mal informé rangerait volontiers *Blanche Neige* ou *La Belle et la Bête* parmi les contes-de-Perrault.

Le paradoxe est au fond le suivant : les *Contes* de Perrault sont suffisamment détachés de la lettre de leur texte pour circuler indépendamment de leur auteur, mais le nom de cet auteur est si bien attaché au genre qu'il fonctionne comme une étiquette générique. Au vrai, Perrault est-il bien l'auteur des contes connus, méconnus ou reconnus sous son nom ? Et s'il n'est guère, dans toute notre littérature,

1. La première traduction française des contes arabes par Antoine Galland date de 1704.

de textes ayant supporté davantage d'interprétations et de récritures que les *Contes* de Perrault, quelle facture faut-il donc supposer à ces récits pour rendre compte tout à la fois de leur longévité et de leur plasticité ?

I LES CULTURES DU GRAND SIÈCLE

Essayons donc, selon l'heureux conseil de Calvino, de débarrasser les *Contes* de la rumeur qui toujours les précède et, pour les lire comme neufs, défaisons-nous d'abord de trois préjugés qui ont eu la vie longue. Le premier voudrait que Perrault ait procédé à un patient travail d'enquête pour recueillir des sources orales populaires — qu'il ait été ainsi, bien avant les frères Grimm, le premier en date des « folkloristes » ; le second, que le recueil fut d'emblée conçu comme un livre destiné aux enfants — qu'il mériterait dès lors d'être considéré comme le premier *opus* d'une « littérature pour la jeunesse » ; le troisième, que ces brèves fictions seraient l'illustration de préceptes moraux fondamentaux, assez simples pour être assimilés par des enfants, assez généraux pour traverser le temps — qu'ils recèleraient donc une forme de « sagesse » tout à la fois universelle et intemporelle.

Autant d'idées héritées de l'époque romantique, qui ont largement trouvé à s'alimenter dans la fiction qui accompagne la publication du recueil de 1697 attribué à un « enfant », mais qui grèvent une première lecture de ces *Contes* de l'âge classique : loin de porter un soin, alors anachronique, à la culture orale populaire, l'entreprise de Perrault participe d'une culture mondaine écrite, où l'oralité, le naturel, l'ingénuité et la « naïveté » sont surtout des faits de style ; si la matière de ses récits appartient peut-être à l'enfance, le plaisir que le conteur promet à ses lecteurs est cependant un plaisir adulte ; et loin de se concevoir comme un moraliste ou un pédagogue, Perrault pratique avec la morale un jeu volontiers irrévérencieux. Disons-le nettement : la publication des *Contes* ne doit rien au désir de « sauver » de l'oubli ou de l'indignité une littérature populaire, et moins encore, en dépit des affirmations réitérées de Perrault, à un quelconque souci pédagogique ; elle fut tardivement mais délibérément conçue comme une machine de guerre dans la Querelle des Anciens et des Modernes ou, plus exactement, comme une opération de séduction propre à ramener dans les rangs des Modernes un public mondain encore hésitant.

CULTURE SAVANTE ET CULTURE POPULAIRE

« Culture savante et traditions populaires » : c'est le sous-titre donné en mai 1968 par Marc Soriano à un livre qui a fait date et qui reste aujourd'hui encore l'un des rares ouvrages d'ensemble sur la vie et l'œuvre de Charles Perrault[1]. L'antinomie a fonction de thèse : M. Soriano fait tenir la valeur même des *Contes* de Perrault dans l'accès qu'ils nous ouvrent, par exception en un siècle où prévaudrait une littérature savante, à une culture authentiquement populaire — l'essentiel des transformations imprimées par l'auteur à la matière reçue de la tradition orale visant, selon M. Soriano, à instituer des récits originellement destinés à un public populaire adulte en contes pour enfants. Deux faits viennent ruiner la pertinence et l'efficacité que M. Soriano prête à cette brutale antinomie : le premier est qu'il ne s'est jamais retrouvé, pour les contes recueillis par Perrault, de versions antérieures à celles que nous a livrées l'académicien[2] ; la circulation orale de la plupart de ces contes tout au long du siècle ne fait certes aucun doute, mais elle n'a pas laissé de trace écrite, et il est dès lors assez vain de prétendre reconstituer une version « originelle », authentiquement « populaire » ou « traditionnelle », comme le veut M. Soriano, en tentant de déterminer sur les seuls textes

1. M. Soriano, *Les Contes de Perrault. Culture savante et traditions populaires*, Gallimard, 1968.

2. Sur la question des possibles sources « littéraires » (solidement attestées pour les seuls contes en vers), voir les Notices de J.-P. Collinet, p. 274-296.

publiés les variantes et amendements introduits lors de l'impression au bénéfice d'une « culture savante ». Le second fait, exactement mis en lumière par Marc Fumaroli dans un article dont on peut toutefois ne pas partager la virulence idéologique à l'égard de M. Soriano[1], tient à l'accueil constamment réservé par les milieux mondains du XVIIe siècle au merveilleux légendaire.

Les témoignages ne manquent pas où s'annule le principe même d'un clivage entre « culture savante » et « traditions populaires ». Le public le mieux choisi partageait en effet avec les milieux plus populaires le goût du merveilleux, celui des légendes comme celui des « vieux romans », ces romans de chevalerie médiévaux tels que *Lancelot*, *Amadis de Gaule* ou *Perceforest* (un roi s'y éprend d'une belle endormie...), dont le succès ne s'est jamais démenti. Associant merveilleux païen et merveilleux chrétien, les figures de la fée Morgane ou de l'enchanteur Merlin étaient restées « populaires » aux deux sens du terme, les contemporains de Molière ou de La Fontaine se plaisant aux enchantements aussi bien que ceux de Chrétien de Troyes. Et si l'on en juge par les rééditions des chroniques de *Mélusine, grande fée du Poitou* composées par Jean d'Arras trois siècles plus tôt, la tradition féerique demeurait bien vivace.

1. M. Fumaroli, « *Les Fées* de Charles Perrault ou De la littérature », dans *Le Statut de la littérature. Mélanges P. Bénichou*, Genève, Droz, 1982.

DE LA LECTURE DES « VIEUX ROMANS »

Un « savant » de l'époque, le docte Chapelain, s'interrogeait en 1647, dans un dialogue connu sous le titre *De la lecture des vieux romans*[1], sur ce goût du public noble pour un merveilleux démodé qui séduisait encore le peuple ; à une date où les règles et une esthétique rationnelle, dont Chapelain était le promoteur, venaient de triompher au théâtre, le débat portait sur le statut de la « magie » et plus encore sur le plaisir pris aux fictions émancipées des lois de la vraisemblance : les aventures d'un Lancelot sont-elles au fond plus invraisemblables que les exploits prodigieux des héros de l'*Iliade* ou de l'*Odyssée* ?

1. Resté manuscrit au XVIIe siècle, le dialogue met en scène, aux côtés de l'auteur, deux autres hommes de lettres : l'érudit Ménage et le poète mondain Sarrasin.

« La principale différence que nous mettons entre [l'auteur du *Lancelot en prose*] et Homère n'est guère que dans le style et les expressions des sentiments. Nous voyons le premier tout noble et tout sublime en cette partie, et le second tout rustique et tout rampant ; pour les choses, elles ne sont guère plus vraies les unes que les autres, et fables pour fables, je ne sais, à les considérer de près, lesquelles sont le plus ingénieusement inventées, ou du moins auxquelles des deux la vraisemblance est mieux observée. [...] Comme les poésies d'Homère étaient les fables des Grecs et des Romains, nos vieux romans sont aussi les fables des Français et des Anglais. [...] Si Aristote revenait et qu'il se mît en tête de trouver une manière d'*art poétique* en *Lancelot*, je ne doute point qu'il n'y réussît aussi bien qu'en l'*Iliade* et en l'*Odyssée* [...]. Je puis vous assurer au moins que la magie qui règne en ce dernier ne lui serait pas malaisée à accommoder à ces règles que les divinités de l'autre l'ont été de la manière qu'il les a employées, quelque sens allégorique que ses creux scholiastes leur aient prétendu donner[1]. »

1. Éd. J.-P. Cavaillé, Paris-Zanzibar, 1999, p. 58-59 pour notre citation.

Comment opposera-t-on une bonne fiction aux « vaines imaginations » ? Et qu'est-ce donc qu'une « fable » à laquelle il n'est finalement pas besoin de croire pour en éprouver les plaisants effets ?

Plus tôt encore dans le siècle, telle confidence autobiographique de Tristan L'Hermite dans *Le Page disgracié* (1643), nous laisse entrevoir quelle pouvait être la culture d'un jeune gentilhomme sans vraie fortune mais nourri de fictions merveilleuses :

« Ma mémoire était un prodige, mais c'était un arsenal qui n'était muni que de pièces fort inutiles. J'étais le vivant répertoire des romans et des contes fabuleux ; j'étais capable de charmer toutes les oreilles oisives ; je tenais en réserve des entretiens pour toutes sortes de différentes personnes et des amusements pour tous les âges. Je pouvais agréablement et facilement débiter toutes les fables qui nous sont connues, depuis celles d'Homère et d'Ovide jusqu'à celles d'Ésope et de Peau d'Âne[2]. »

2. Éd. J. Prévot, Gallimard, 1994, coll. « Folio classique », p. 32.

L'Antiquité gréco-latine la plus digne est mise ici encore sur le même plan que les contes nationaux les plus triviaux dont *Peau d'Âne* est l'emblème ; et toutes les fictions se trouvent enveloppées sous le commun nom de « fable » pour être dénoncées comme ce qui flatte l'imagination, vainement en regard du savoir authentique mais non sans agrément pour la vie en société.

Peau d'Âne passait si bien pour le conte par excellence que, tout au long du siècle, l'expression « contes de Peau d'Âne » est régulièrement employée pour désigner des histoires sans dignité ou sans vraie valeur littéraire. Dans *Le Roman comique* de Scarron (1651), le fâcheux Ragotin menace ses comparses d'une « histoire que l'on croyait devoir être une histoire de la Peau d'Âne » ; dans *Le Malade imaginaire* (1673), la petite Louison fait étalage de sa jeune culture en promettant naïvement à son père « le conte de Peau d'Âne qu'on [lui] a appris depuis peu » (II, 8).

PETITS CONTES DU GRAND MONDE

La correspondance de Mme de Sévigné atteste régulièrement d'un tel goût pour le merveilleux et la féerie, toujours accompagné chez la marquise comme chez tous les « gens du monde », d'un enjouement à la fois ironique et complice. Dans une lettre d'octobre 1656, adressée à la plus illustre de ses contemporaines, Mlle de Montpensier, cousine de Louis XIV, Mme de Sévigné « mitonne » (c'est son mot), parmi les menus faits de la cour dont elle informe la Grande Mademoiselle, un petit conte, vers et prose mêlés, librement inspiré d'une légende ancrée dans les superstitions populaires :

« Je m'assure aussi que vous n'aurez jamais ouï parler de la cane de Montfort, laquelle tous les ans, au jour Saint-Nicolas, sort d'un étang avec ses canetons, passe au travers de la foule du peuple, en canetant, vient à l'église et y laisse de ses petits en offrande.

Cette cane jadis fut une demoiselle
Qui n'allait point à la procession,
Qui jamais à ce saint ne porta de chandelle ;
Tous ses enfants aussi bien qu'elle,
N'avaient pour lui nulle dévotion,
Et ce fut par punition
Qu'ils furent tous changés en canetons et canes,
Pour servir d'exemples aux profanes.

Et si[1], Mademoiselle, afin que vous le sachiez, ce n'est pas un conte de ma mère l'oie,
Mais de la cane de Montfort,
Qui ma foi lui ressemble fort[2]. »

« Conte de ma mère l'Oye » : l'expression, ici rappelée au bénéfice d'un jeu de mots, désignait familièrement tout au long du siècle un répertoire informel de contes transmis par la tradition orale dont on ignore toutefois jusqu'aux titres, à la notable exception de celui de *Peau d'Âne* régulièrement allégué au point que « contes de ma mère l'Oye » et « contes de Peau d'Âne » sont formules à peu près synonymes. Le frontispice du recueil ori-

1. Au sens de « Et pourtant ».

2. Éd. R. Duchêne de la *Correspondance*, Gallimard, coll. « Bibliothèque de la Pléiade », 1972, t. I, p. 41-42.

ginal des *Contes* en prose de Perrault[1] s'y réfère explicitement, sous la forme d'une pancarte portant l'inscription « Contes de ma mère l'Oye ». Le divertissement proposé par la marquise dut plaire à la royale altesse : on trouve un « récit de la venue d'une cane sauvage en l'église de Saint-Nicolas de Montfort » (Monfort-sur-Meu ou Montfort-la-Cane, en Ille-et-Vilaine) dans un recueil manuscrit daté de 1662 et « dressé par le commandement de S.A.R. Mademoiselle ».

1. Voir ci-dessous, p. 70.

L'allusion au merveilleux relève à l'évidence d'un pur jeu, qui n'engage en rien les croyances de la marquise et de sa destinataire ; il est un « style » que l'on adopte, une couleur que l'on prête à la diction, un exercice « à la manière de », par un procédé qui s'apparente, moins l'intention polémique et à cette réserve près que nul « texte » ici n'est vraiment imité, à la parodie[2].

2. Voir encore les lettres du 6 août 1677, sur le conte de « l'île verte » venu de Versailles (éd. cit., t. II, p. 516 ; 11 mars 1689 (éd. cit., t. III, p. 538) ; 22 décembre 1688 (*ibid.*, p. 441-442) ; 29 novembre 1684 (*ibid.*, p. 163).

Allons maintenant à l'autre bout du siècle ; Saint-Simon rapporte ce mot de Madame, belle-sœur de Louis XIV, sur l'enfance de Philippe d'Orléans, devenu Régent de France à l'époque où écrit le mémorialiste :

« Madame était pleine de contes et de petits romans de fées : elle disait qu'elles avaient toutes été conviées à ses couches, que toutes y étaient venues, et que chacune avait doué son fils d'un talent, de sorte qu'il les avait tous ; mais que par malheur on avait oublié une vieille fée, disparue depuis si longtemps qu'on ne se souvenait plus d'elle, qui, piquée de l'oubli, vint appuyée sur son petit bâton, et n'arriva qu'après que toutes les fées eurent fait chacune leur don à l'enfant ; que, dépitée de plus en plus, elle se vengea en le douant de rendre absolument inutiles tous les talents qu'il avait reçus de toutes les autres fées[1]. »

Écrivant au lendemain de la mort du Roi-Soleil (1715), Saint-Simon se souvient à l'évidence de l'épisode inaugural de *La Belle au Bois dormant* dans la version donnée par Perrault quelques décennies plus tôt, mais l'anecdote vient signifier la permanence du goût pour le merveilleux et la féerie, assumé ici encore dans une posture ironique ou parodique, au sein de la meilleure noblesse. De fait, Madame et sa fille seront les dédicataires des premiers recueils de contes, et l'on doit voir autre chose qu'une plate flatterie dans ce que disent ces dédicaces des accointances entre le grand monde et l'univers des fées ; ainsi Mme d'Aulnoy, dans la dédicace de ses *Contes de fées (*1697) à Madame : « Ce sont sans doute de grandes Princesses comme vous, Madame, qui ont donné lieu d'imaginer le Royaume de Féerie : on s'est persuadé qu'il fallait qu'il y eût des génies particuliers qui eussent pris soin de ces Princesses incomparables, en qui tout est merveilleux. » La fin de l'épître dédicatoire à Mademoiselle des *Histoires du temps passé (*p. 128) s'autorise du même parallèle : « Et jamais fée au temps jadis / Fit-elle à jeune créature, / Plus de

1. Cité par R. Zuber dans l'introduction à son édition des *Contes* de Perrault, Imprimerie nationale, 1987, p. 22.

dons, et de dons exquis, / Que vous en a fait la nature ? »

« NAÏVE SIMPLICITÉ » ET CULTURE MONDAINE

M. Fumaroli fait valoir justement que « la culture vraiment "savante", au sens du dix-septième siècle, celle des collèges, des universités, des bibliothèques doctes, n'est le propre que d'une infime minorité de clercs laïcs et ecclésiastiques, dont la langue est le latin » ; partout ailleurs — c'est-à-dire « partout où l'éducation des collèges humanistes n'a pas fait son œuvre, non seulement dans le "peuple", mais chez les femmes de la bourgeoisie et de la noblesse, chez les enfants des mêmes milieux, avant que certains garçons, destinés aux offices ou aux bénéfices, n'entrent au collège, et chez la plupart des gentilshommes, tenus souvent à l'écart de la formation "pédante" pour ne pas compromettre leur vocation militaire[1] » — on observe un même attachement à la tradition orale, au merveilleux légendaire et à la magie des « vieux romans ».

1. M. Fumaroli, art. cit., p. 444-445.

Entre la culture « savante » d'une petite élite et la culture ordinaire, où voisinent les légendes et le merveilleux des « temps anciens » qui n'est donc pas l'apanage du seul « peuple », on doit compter avec une médiation, capitale pour comprendre bien des œuvres de l'âge classique — cette culture mondaine dont la cour est le foyer et qui reste constamment en quête d'un double compromis : entre la mémoire de l'Antiquité et la mémoire nationale, entre l'impératif de vraisemblance auquel les fictions se trouvent théoriquement soumises et l'agrément du merveilleux auquel il n'est pas nécessaire de croire pour qu'il « enlève » l'imagination. Pour cette culture mondaine, la référence à la « naïve simplicité » des contes et récits « des temps anciens » est la meilleure garantie contre le péril pédant — car il n'est pas de pire péril pour un « honnête homme » que de se voir confondu avec un « pédant de collège » — en même temps qu'un signe de « distinction » par où l'on se fait reconnaître comme appartenant à un certain monde. Le registre qui sera celui des *Contes*, les prétentions de Perrault à un « art naïf » qu'illustre la préface des contes en vers de 1695 aussi bien que l'épître dédicatoire signée Darmancour des *Histoires* en prose, puisent à une gamme esthétique largement mise en place avant la dernière décennie du siècle : les rondeaux de Voiture, dans les années 1630, et mieux encore les premières fables de La Fontaine (1668) — deux poètes qu'admirait Perrault — se réclament de la même « naïveté ».

On aura toutefois à se demander pourquoi la préface des contes en vers comme l'épître dédicatoire des *Histoires du temps passé* met uniquement l'accent sur le seul public enfantin et sur la transmission orale des contes par les nourrices, gouvernantes et « mères-grands », sans vraiment rappeler cette culture mondaine et en passant sous silence la tradition écrite des « vieux romans » ou celle plus populaire des livrets de colportage (les « papiers bleus »).

II LA QUERELLE DES CONTES

Cette mémoire d'une tradition autochtone que les milieux mondains entretiennent donc contre la dévotion à l'Antiquité prévalant dans les cercles lettrés et l'éducation humaniste ne va pas sans enjeux polémiques sinon politiques. Si la tradition des contes de fées connaît un soudain regain de vitalité dans les années 1690, et si Perrault s'empare aussitôt du genre, c'est que cette forme à la fois ancienne et « moderne », au sens où elle peut se réclamer d'une « mémoire » nationale, se trouve au confluent des questions agitées dans la Querelle des Anciens et des Modernes.

LA CARRIÈRE DE CHARLES LE GRAND

Aussi bien la publication des *Contes*, entre 1692 et 1697, n'est-elle pas un événement isolé dans la carrière littéraire de Perrault, mais le couronnement d'une vie tout entière consacrée à la définition active d'une culture nationale. Au lendemain de la disgrâce de Fouquet (1661) auprès duquel il avait, comme La Fontaine, entamé sa carrière littéraire[1], Perrault devient l'homme de confiance de Colbert, nouvel homme fort du régime, qui fait de lui l'administrateur de la politique de prestige décidée par Louis XIV.

1. Voir Dossier, p. 163.

1654 : Charles devient « commis » de son frère Pierre, qui a acquis la charge de receveur général des Finances de Paris.

1663 : Il est reçu « commis » auprès de Colbert qui, sur le point d'être nommé surintendant des Bâtiments du roi, s'adjoint une « petite Académie » (la future Académie des inscriptions et belles-lettres) ; Perrault passe une sorte d'examen probatoire en composant un *Discours sur l'acquisition de Dunkerque par le roi*, et sur la recommandation de Chapelain, il devient secrétaire des séances de ce « petit conseil » ; homme de confiance de Colbert, il touche désormais une pension annuelle.

1665 : Devient « premier commis des Bâtiments ».

1666 : Chargé par Colbert de réunir un recueil des *Éloges du cardinal Mazarin.*

1668 : Charles est pensionné comme « premier commis des Bâtiments » ; publication de son poème *La Peinture*[2], qui fait l'éloge des artistes officiels du régime (dont Le Brun) ; célèbre l'occupation de la Franche-Comté dans *Le Parnasse poussé à bout,* allégorie mythologique en prose et en vers adressée à Chapelain.

2. Ce texte figure p. 219 *sq.*

1670 : Obtient un logement chez Colbert.

1671 : 23 novembre : Perrault est reçu à l'Académie française. Le succès rencontré par son *Discours* de remerciement est tel que la décision est prise de rendre désormais publiques les séances de réception.

1672 : À la mort de Séguier, Perrault devient chancelier de l'Académie, désormais placée sous la protection personnelle de Louis XIV et logée au Louvre. Une médaille est frappée pour l'occasion, dont la devise *Apollo Palatinus* est due à Charles, qui s'emploie dès ce moment-là auprès de Colbert à instaurer un nouveau règlement (élections au scrutin secret, horaires fixes des séances, institution de jetons de présence), à accélérer les travaux du *Dictionnaire* et de la commission de rajeunissement de l'orthographe dont il prend la présidence. Il est établi dans la charge créée pour lui de « contrôleur des Bâtiments de Sa Majesté » (mais aussi des « jardins, arts et manufactures de France »), qui lui vaut une forte pension.

1673 : Fait exceptionnel, Charles est reconduit dans ses fonctions de chancelier de l'Académie ; Louis XIV soustrait à la Bibliothèque royale plusieurs centaines de volumes pour créer le premier fonds de la Bibliothèque de l'Académie, dont la gestion est confiée à Perrault qui inaugure ainsi le titre de « bibliothécaire de la Compagnie ».

1675 : Publication d'un *Recueil de divers ouvrages en prose et en vers* qui réunit l'ensemble des œuvres de Perrault, pour la plupart déjà parues séparément, avec le *Discours à l'Académie* et un recueil de fables *Le Labyrinthe de Versailles*[1].

1679 : Charles Perrault succède à l'abbé Jacques Cassagne comme membre de la « petite Académie » réunie autour de Colbert. *Tapisseries du roi* : Charles fournit le texte.

Perrault fut donc vingt ans durant l'un des régents de la politique culturelle, en charge parfois de réalisations concrètes, tels les aménagements du Louvre et des

1. Voir les extraits p. 239 *sq.*, et ci-dessous, Dossier, p. 173.

jardins de Versailles, qui ne vont pas sans polémiques ; ainsi lors de l'affaire de la « colonnade du Louvre » (1665-1667) : Perrault semble bien avoir joué un rôle dans l'éviction de l'architecte italien Bernini (le « cavalier Bernin »), chargé de rénover la façade orientale du palais ; le projet est ensuite confié, sur proposition de Perrault, à un « petit conseil du Louvre », réunissant Le Vau, premier architecte du roi, Le Brun, son premier peintre, et l'un des frères de Charles, Claude Perrault — les deux frères s'attribuant pour finir tout le mérite de l'élaboration de la colonnade, ainsi que des plans pour le nouvel Observatoire de Paris...

Dans ses fonctions officielles, Perrault se montre constamment préoccupé de l'édification du mythe du Roi-Soleil qui passe par la mise au pas des intellectuels au sein des différentes Académies. Le poème intitulé *La Peinture* donne une assez bonne idée de la pédagogie déployée à l'égard des artistes, qui interdit aux peintres le travestissement historique au profit d'une représentation directe des victoires du « nouvel Alexandre » ; c'est de la glorification du régime que les artistes doivent désormais attendre leur propre gloire :

« De ce roi sans égal vous savez les hauts faits,
Vous voyez devant vous ses superbes palais,
Allez, et que partout vos pinceaux

se répandent
Pour donner à ces lieux les beautés qu'ils demandent,
Que par là, votre savoir par mille inventions
Parle de ses vertus et de ses actions ;
Mais que les mêmes traits qui marqueront sa gloire
De vos noms à jamais conservent la mémoire. »

À la tête de l'Académie française, Perrault est régulièrement amené à défendre les créations modernes contre celles des Anciens. Le débat devient public lors d'une « Querelle d'*Alceste* » en 1674 : dans une *Critique de l'opéra ou Examen de la tragédie intitulée Alceste ou le Triomphe d'Alcide* rédigée en collaboration avec son frère Pierre, Perrault prend fait et cause pour l'opéra de Quinault et Lulli contre Racine et Boileau, qui, confrontant le livret moderne au texte d'Euripide, critiquaient les fautes de goût des Modernes ; la préface de Racine à son *Iphigénie*, tragédie également imitée d'Euripide, roule pour une bonne part sur les erreurs philologiques commises par Perrault dans sa lecture du texte grec, et révèle que la querelle intéresse le système des genres tout entier : le dramaturge y défend le modèle de la tragédie antique et le « poème tragique » contre la tragédie lyrique, cet opéra français que Perrault célébrait comme genre moderne et « national ».

En 1678, Racine et Boileau sont

nommés « historiographes du roi » et s'imposent de concert dans les Académies ; en 1682, Perrault est congédié par Colbert, agacé par les polémiques et soucieux de pourvoir son propre fils. Rendu à la vie privé[1], Perrault se résigne mal à cette retraite et s'engage dans une stratégie de reconquête, sur un double front où il se donne comme interlocuteurs le roi lui-même et le petit cercle qui gravite autour de Mme de Maintenon.

1. Voir, dans le Dossier, p. 160, l'extrait correspondant de ses *Mémoires*.

CAMPAGNES DE RECONQUÊTE

Au lendemain de la révocation de l'Édit de Nantes (1685), l'air de la cour est à la dévotion : Perrault tentera de se faire le théoricien de l'art chrétien que Mme de Maintenon, pour « la Maison royale d'éducation » de Saint-Cyr, comme Fénelon, précepteur du duc de Bourgogne (l'aîné des petits-fils du roi), appellent de leurs vœux[2]. Il se range sous l'autorité spirituelle de Bossuet auquel il dédie (1686) un long poème en six chants intitulé *Saint Paulin, évêque de Nole*, avec une épître sur la pénitence et une ode aux « nouveaux convertis ». En 1694 encore, il fait paraître un *Triomphe de sainte Geneviève* et commence un recueil de *Pensées chrétiennes*[3]. La Préface des contes en vers de 1695 mettra au-dessus des classiques « bienséances » la vraie conformité à la morale chrétienne — non sans paradoxe

2. *Esther* et *Athalie*, les deux « tragédies tirées de l'Écriture sainte » de Racine, sont créées en 1689 et 1691 pour Saint-Cyr. Fénelon compose dans ces mêmes années tant des fables que des contes à destination de son royal élève.
3. Voir Dossier, p. 190.

pour un recueil qui offre, avec une basse histoire de boudin (*Les Souhaits ridicules*), des exemples d'inceste et d'ordure (*Peau d'Âne*) dignes d'un conte impie et des manifestations de cruauté conjugale et filiale (*Griselidis*) qui auraient leur place dans quelque mythe païen ; cette même Préface prétendra évaluer à cette aune la supériorité des productions nationales sur les fables antiques...

Le second front est précisément celui de la Querelle des Anciens et des Modernes : Perrault se persuade dans ces mêmes années 1685-1687 que Louis XIV en personne finira par reconnaître le bien-fondé de la position des Modernes, la seule à garantir le caractère exceptionnel de son règne.

Un nouvel épisode du long débat qui oppose les zélateurs d'une imitation des modèles antiques et les partisans d'un affranchissement à l'égard de ces modèles au profit de productions nationales originales, est inauguré par Perrault en 1687 : la lecture devant l'Académie de son poème *Le Siècle de Louis le Grand* donne le coup d'envoi de la confrontation. La publication, entre 1688 et 1697, du *Parallèle des Anciens et des Modernes*, où Perrault abordant un art après l'autre (littérature, beaux-arts, architecture, musique) s'efforce de démontrer la supériorité des productions modernes, vient ensuite orchestrer une vraie guerre de position contre ses principaux adversaires réunis, au sein même de l'Académie, autour de Boileau et Racine. Le tome III (1692) consacré à la « poésie » (soit pour nous la « littérature)[1] fait de l'opéra le genre moderne par excellence en rapprochant son merveilleux des « contes de vieilles comme celui de *Psyché* » (l'argument est déjà celui de la Préface de 1695 des contes en vers) ; il revient, dans des termes proches de ceux de Chapelain, sur l'invraisemblance des épopées homériques, sans hésiter à la rapporter aux « contes de Peau d'Âne » et en s'autorisant un développement sur les « bottes de sept lieues » au sein d'un résumé du *Petit Poucet* que l'académicien ne donnera pourtant que quatre ans plus tard. Aux côtés de l'opéra, Perrault promeut encore deux autres genres spécifiquement modernes qu'il associe étroitement l'un à l'autre : le burlesque comme art de la disconvenance élégante et la poésie galante comme diction enjouée (l'exemple est ici celui de La Fontaine). Les *Contes* s'inscrivent, comme on le montrera, au confluent de ces trois genres : comme l'opéra, ils recourent au merveilleux ; comme les travestissements burlesques, leur narration est parodique ; comme la poésie galante, ils accommodent à une apparente naïveté une fine raillerie.

À l'évidence, le projet des contes, que l'on doit donc dater de la même année 1692, est étroitement lié dans l'esprit de Perrault — qui n'a alors publié aucun conte authentiquement merveilleux — à cette Querelle qui fut la grande affaire de sa vie.

1. Voir dans le Dossier, p. 180, les extraits du *Parallèle* ici mentionnés.

De quoi s'agit-il en effet dans la polémique entre Anciens et Modernes sinon d'évaluer les mérites propres des créations nationales du siècle en statuant sur ce qu'elles doivent aux modèles gréco-latins ? Il y va d'une réflexion sur le goût, la culture, l'idée même d'une littérature nationale, mais aussi d'une prise de position politique qu'énonçait d'emblée *Le Siècle de Louis le Grand* : valoriser la production contemporaine en affirmant son autonomie à l'égard de l'Antiquité, c'était faire l'éloge du régime et d'une politique culturelle à laquelle Perrault avait plus qu'aucun autre contribué ; c'était dessiner et prescrire du même coup — par un coup de force perçu comme tel par Boileau — la position esthétique la mieux orthodoxe en regard des attentes royales, et rejeter les partisans des Anciens dans une forme de « dissidence ». Loin toutefois de repousser l'Antiquité dans les ténèbres, Perrault se fait habilement l'avocat de l'indéniable « déplacement » subi par les genres et les formes antiques dans leur adaptation à une culture spécifiquement française qui s'incarne dans les milieux mondains : de la fable de *L'Âne d'or* du Latin Apulée à celle de *Peau d'Âne*.

Il faut concevoir la rédaction des premiers *Contes*, et la publicité donnée à la « naïve simplicité » de ces histoires, comme une illustration de cette thèse polémique : la littérature française sous Louis le Grand est en elle-même un modèle qui, loin de devoir sa réussite à l'imitation des Anciens, a trouvé ses valeurs propres dans des traditions autochtones — « populaires », médiévales, chevaleresques ou courtoises —, avec ce corollaire que la vie culturelle et la langue elle-même ne doivent pas être régentées par les seuls doctes initiés aux modèles grecs et latins, mais confiées aux cercles désignés comme les héritiers de ces traditions : la cour, et en son sein le seul public des « honnêtes gens » dont se réclamait déjà Molière dans la *Critique de l'École des femmes* (1663), et parmi eux les femmes auxquelles le latin est épargné et par là réputées plus proches du « génie » de la langue. Dans pareil contexte, la notion même de *merveilleux* se trouve directement investie d'enjeux polémiques : discréditera-t-on les productions nationales des « anciens temps » pour leurs invraisemblances, ou fera-t-on valoir que ce merveilleux n'est pas si différent des « fables » ou fictions léguées par l'Antiquité ? Les choses, comme on l'a vu, ont commencé beaucoup plus tôt : les termes du dialogue de Chapelain sur « la lecture des vieux romans » étaient déjà ceux d'une querelle des Anciens et des Modernes.

LA PUBLICATION DES CONTES EN VERS

De fait, de 1691 à 1695, la publication des premiers contes en vers — tous reconnus par Charles Perrault même lorsqu'ils paraissent sans nom d'auteur — est étroitement imbriquée à la chronologie de la Querelle.

1691 : Le premier conte de Perrault, *Griselidis*, est lu par l'abbé Lavau devant l'Académie le jour de la Saint-Louis, à l'occasion de la réception de Fontenelle, un proche de Perrault partisan déclaré des Modernes (*Histoire des oracles,* 1686 ; *Digression sur les Anciens et les Modernes,* 1687) ; le jour choisi pour lancer le genre moderne est ainsi celui du triomphe des Modernes sur les Anciens.

La Marquise de Salusses ou la Patience de Griselidis, nouvelle paraît ensuite chez Coignard, l'éditeur habituel de Perrault (pour le *Parallèle* notamment), dans un *Recueil de plusieurs pièces d'éloquence et de poésie présentées à l'Académie française*, où figure également une épître *À Monsieur**** *en lui envoyant La Marquise de Salusses*[1] ; la nouvelle fait encore l'objet d'une édition séparée, sans nom d'auteur, chez le même libraire.

1. Voir p. 91 et, ci-dessous, p. 44.

1692 : L'érudit P.-D. Huet réfute les deux premiers tomes du *Parallèle des Anciens et des Modernes* dans une *Dissertation* en forme de lettre.

Charles communique à Boileau le troisième tome de son *Parallèle,* qui traite « de la poésie », accompagné d'une lettre qui servira de conclusion de l'ouvrage.

1693 : Par un avis « Au lecteur » en tête de son *Ode sur la prise de Namur,* Boileau répond aux attaques contre Pindare formulées par Perrault dans le troisième tome du *Parallèle*. Perrault riposte par une *Ode au roi*, lue à l'Académie et publiée la même année avec différentes pièces polémiques.

Les Souhaits ridicules, conte paraît en novembre, sous le nom de Charles Perrault, dans le *Mercure galant,* principal périodique favorable aux Modernes.

Perrault donne un *Dialogue d'Hector et d'Andro-*

maque tiré du sixième livre de l'Iliade (la tragédie de Racine date de 1668), traduction conçue pour permettre une comparaison des Anciens et des Modernes, dans le prolongement de la querelle d'*Alceste* vingt ans plus tôt.

1694 : Coignard fait paraître sans nom d'auteur un recueil de trois contes de Perrault : *Griselidis, nouvelle. Avec le conte de Peau d'Âne et celui des Souhaits ridicules* ; le volume porte la mention *seconde édition, Le Conte de Peau d'Âne* étant paginé à part, avec une page de titre complète, ce qui laisse supposer que le conte avait été publié séparément auparavant (fin 1693) ; le texte de *Griselidis* et celui des *Souhaits ridicules* y sont légèrement remaniés. Les trois contes en vers figurent aussi, avec l'épître « À Monsieur*** en lui envoyant Griselidis », dans un *Recueil de pièces curieuses et nouvelles*... publié à La Haye chez A. Moetjens, où ils sont attribués à « Mr Perrault ».

Mars : Boileau publie la *Satire X* sur les femmes, qui égratigne au passage le *Saint-Paulin* ; Perrault riposte par une *Apologie des femmes*, précédée d'une préface sévère pour le satirique.

Avril : Boileau donne ses neuf premières *Réflexions sur Longin*, rhéteur grec dont il avait traduit en 1674 l'important *Traité du sublime*, qui constituent sa réponse aux thèses du *Siècle de Louis le Grand et* du *Parallèle* (Boileau attendra cependant 1701 pour adresser à Perrault une lettre « publique » qui « corrige » explicitement la démarche du *Parallèle*).

Août : Boileau et Perrault se réconcilient publiquement grâce à la médiation de Racine. Mort du Grand Arnauld, arbitre de la Querelle et qui, dans une lettre (datée du 5 mai) qui circule avant de parvenir à Perrault, avait donné tous les torts aux « Modernes [1] ».

Publication du *Dictionnaire de l'Académie*, dont l'épître liminaire, préparée par Charles, a été amendée par Racine et Boileau.

1695 : Réédition chez Coignard des trois contes en vers, sans nom d'auteur, augmentée de la Pré-

1. En juin, dans une lettre de « remerciement » à Arnauld, Boileau raillait la liste des œuvres de Perrault, en tête de laquelle (au mépris de la chronologie) « le conte de *Peau d'Âne* et l'*Histoire de la femme au nez de boudin*, mis en vers par M. Perrault de l'Académie française ».

face (dite *quatrième édition*), qui parle de « la manière dont le public a reçu les pièces de ce recueil à mesure qu'elles lui ont été données séparément[1] ». La « troisième édition » ne s'est jamais retrouvée, et il pourrait s'agir avec la mention de « quatrième édition » d'une licence du libraire.

1. Voir p. 49 *sq.* ; cette édition fournit le texte retenu par J.-P. Collinet dans l'édition « Folio classique ».

Cette tardive Préface apporte la certitude que, dès les contes en vers, Perrault songeait aux contes en prose à venir : elle fournit le synopsis des *Fées* (p. 51) comme le *Parallèle* donnait en 1692 le canevas du *Petit Poucet*. Associée au sein du recueil des trois contes en vers à pas moins de six autres pièces et dédicaces, la Préface est à lire comme un manifeste en faveur du conte comme genre « moderne ».

LE CONTE, GENRE « MODERNE »

Les différentes pièces encadrant les contes en vers dans l'édition de 1695 achèvent de faire la preuve que cette publication relève d'une entreprise de séduction à l'égard du public mondain, et tout particulièrement des femmes qui sont l'âme des cercles « galants ». Toutes les pièces (à une exception près, qu'on signalera) se trouvent en effet dédicacées à des figures féminines ; c'est que dans la polémique avec Boileau les valeurs défendues par Perrault — « douceur », « politesse » ou « simplicité » — ont été habilement rapportées à l'influence des femmes et de la conversation féminine sur la langue et le « goût » français :

« Peux-tu ne pas savoir que la civilité
Chez les femmes naquit avec l'honnêteté ?
Que chez elles se prend la fine politesse,
Le bon air, le bon goût et la délicatesse [1]. »

1. Perrault, *Apologie des femmes*, 1694.

C'est aussi que Perrault institue le public féminin en instance de légitimation des œuvres littéraires, au détriment de la logique qui prévaut auprès des partisans des Anciens, pour lesquels la valeur d'une œuvre ne s'acquiert que par délégation — par affiliation à un modèle antique *déjà* doué d'autorité.

Les inflexions polémiques de la Préface de 1695 sont assez nettes. Perrault peut s'y prévaloir de la « satisfaction des gens de bon goût » — entendons : la cour, les femmes, et ce public mondain qui a fait le succès de Molière et de La Fontaine — contre l'opinion des « personnes qui affectent de paraître graves » — doctes, pédants, érudits et savants. À la lire de près, on observera que l'argument principal (p. 49-51) lie ouvertement et non sans audace la publication des premiers *Contes* au contexte de la Querelle. En haussant « ces bagatelles » à la hauteur des fables antiques, Perrault fait coup double : les partisans des Anciens ne sauraient se prévaloir de l'Antiquité pour condamner les *Contes*, car quelle différence entre le conte de *Peau d'Âne* et la fable de *Psyché* que l'on trouve chez Apulée (mais aussi chez La Fontaine, on y reviendra) — et non pas chez Lucien, comme l'avance imprudemment Perrault qui connaît décidément mal ses classiques[1] ? Les contes « modernes » ont en outre et surtout cette supériorité sur les fables des païens que leur morale est plus claire, et mieux conforme à la religion chrétienne comme à la simple « honnêteté » que les fables des païens.

1. Apparenté à *L'Âne d'or* d'Apulée, *L'Âne* de Lucien ne comporte pas le conte. La même approximation figure dans le *Parallèle* (voir Dossier, p. 180).

La Préface se referme galamment sur un madrigal consacré à *Peau d'Âne* (p. 52-53), adressé à Perrault par sa nièce, Mlle Lhéritier, elle-même auteur de contes et dont on verra qu'elle a joué un rôle décisif dans l'intervalle qui sépare les contes en vers des *Histoires du temps passé* en prose. Donner ainsi, en tête de l'ouvrage, la parole à une lectrice comme à la parfaite émanation d'un « public » contemporain coupé des « personnes qui affectent de paraître graves », c'est inverser assez radicalement la logique qui prévaut dans le camp des Anciens, où un auteur ne reçoit son autorité que d'un autre auteur déjà doué d'autorité...

Cette brève pièce poétique dessine un protocole de lecture tout entier placé sous le signe du plaisir (les verbes « plaire » et « divertir » scandent ces douze vers hétérométriques comme le sont les contes eux-mêmes), et singulièrement d'un plaisir féminin comme plaisir de l'*écart* (si l'on ose dire) : plaisir d'abord de retrouver à la lecture la « naïveté » du conte oral, cette « naïveté » étant à la fois ce qu'il faut restituer avec art et ce par quoi l'art sait se faire oublier (une tournure impersonnelle en rend subtilement compte, en oblitérant le rôle de l'auteur : « Le conte de Peau d'Âne est ici raconté »). Le second plaisir ne doit rien à la tradition orale ; il tient à un aspect du conte qu'on pourrait croire antithétique de la « naïveté » première, et qui pour sa part doit se « voir » (« par endroits » seulement) : la présence au sein du récit de « quelques traits de satire » mais dépourvus de tout « fiel » comme de toute « malignité » — par quoi le conte écrit n'est pas le conte oral, l'auteur n'est pas la « mie », et le lecteur bien autre chose qu'un enfant. Le troisième bonheur est celui d'un rire féminin libérateur, curieusement associé à la « simple douceur » du conte : la fin du madrigal fait comme si le récit s'adressait seulement à des femmes — par-dessus les épaules de la « mère », de l'« époux » ou du « confesseur » qui n'y peuvent « trouver à redire ». Promesse est ainsi faite aux autres lectrices, par une voix de lectrice, d'une émancipation à l'égard des autorités auxquelles les femmes sont traditionnellement soumises. Au fond, sous couvert de « naïveté » et au bénéfice de la « simple douceur », trois traditions se trouvent tout à la fois assumées et subverties : la tradition orale, la tradition satirique, la tradition morale. Et à qui sait être plusieurs lecteurs à la fois, le vers final parle clair : on ne trouvera rien à redire à ces narrations qui redisent le conte oral sans le répéter.

Ce simple madrigal suffit aussi à signaler que *Peau d'Âne*, donné comme le plus proche des récits naïfs de la tradition orale, doit l'emporter aux yeux du public sur les deux autres contes et les deux autres « manières » — l'historiette en vers adaptée d'une des nouvelles du *Décaméron* de Boccace[1] mais conçue plus sûrement sur le modèle de l'*Adonis* de La Fontaine (1669) que constitue *Griselidis* désignée non comme conte mais comme « nouvelle » (dès l'édition *princeps* de 1691), et *Les Souhaits ridicules* proche du fabliau médiéval, mais aussi et encore d'une fable de La Fontaine (« Jupiter et le Métayer », VI, 4). Notons enfin qu'en reconnaissant *Peau d'Âne* conforme à la récitation de la « mie », la lectrice autorisée tient métrique et prosodie pour qualités négligeables : ce conte en vers ne se distingue en rien pour elle d'un conte en prose.

Premier conte du recueil en 1695 comme en 1694 et premier essai de Perrault dans le genre, la « nouvelle » de *Griselidis* est précédée (p. 57-58) d'une dédicace à une « Mademoiselle*** » qui n'a pas été à ce jour identifiée ; sans doute n'a-t-elle pas à l'être, la dédicace permettant seulement une glose du sous-titre original de la nouvelle, *La Marquise de Salusses ou la Patience de Griselidis*[2], et un persiflage sur la « patience » ou la vertu des Parisiennes :

« Ce n'est pas que la patience
Ne soit une vertu des dames de Paris,

1. Voir la Notice de J.-P. Collinet, p. 276.

2. Voir la variante offerte par l'édition de 1691, où Perrault s'expliquait sur le titre original (p. 307).

Mais par un long usage elles ont la science
De la faire exercer par leurs propres
maris. »

Il y a loin de cette épigramme finalement galante adressée à une « sage beauté », à l'humeur satirique d'un Boileau : Perrault ici encore s'assure de souriantes complicités au sein de ce Paris où les femmes sont « souveraines ».

En aval de cette première « nouvelle », l'épître « À Monsieur*** en lui envoyant Griselidis » (p. 91-93) est adressée à un personnage probablement tout aussi fictif. Ce sera le seul homme du recueil, car le propos vise ici les critiques « professionnels ». Se souvenant des enseignements de La Bruyère[1], l'auteur y laisse la parole aux détracteurs de son conte, en jouant de leurs désaccords ponctuels pour sauver l'intégralité du texte. Le débat complaisamment mis en scène et le recours aux principes de la poétique classique suffisent à accorder au conte une dignité « littéraire », que lui contestaient ses adversaires ; contre ceux qui ne veulent voir dans le conte qu'un « papier bleu » (l'une de ces brochures populaires colportées sous papier bleu alors imprimées par Oudot, à Troyes), l'épître fait la démonstration que le conte est passible de la même analyse que les œuvres de genre élevé ; Perrault mobilise au passage quelques-uns des principes de la dramaturgie classique, tels que défendus par Corneille dans les *Trois Discours sur le*

1. Voir les citations du chapitre « Des ouvrages de l'esprit » des *Caractères* (toutes exactement contemporaines de la Préface de Perrault) données par J.-P. Collinet, p. 305-306.

poème dramatique de 1660 (doctrine des acheminements et de l'action épisodique, conception centripète du dénouement) : la « nouvelle » est traitée comme un authentique « poème ». L'épître se souvient aussi des préceptes de La Fontaine dans la préface de ses propres *Contes* [1], pour défendre une esthétique spécifique au genre : contre la soumission au nécessaire, on défend le statut du détail, et contre l'impératif d'une unité de ton, un principe de diversité (mis en œuvre au passage, puisque la prose de l'épître accueille sept vers). L'appel final à ce « public qui juge toujours bien » dit encore une fois en quelle estime Perrault tient l'opinion des doctes.

1. Voir ci-dessous, p. 78.

Peau d'Âne est dédicacé (en vers) à Mlle de Lambert [2] (p. 97) ; mais on peut se demander si le « désir » d'entendre « l'histoire de Peau d'Âne » prêté à cette figure féminine n'est pas d'abord celui exprimé par La Fontaine dès 1678 dans une fable fameuse entre toutes et qui est un peu l'art poétique de La Fontaine (« Le Pouvoir des fables », VIII, 4) :

2. Son « salon » devait réunir quelques années plus tard le clan des Modernes lors de la « Querelle d'Homère ». Lesage comme Marivaux en donnent des portraits sous des noms fictifs (Mme de Chaves dans *Gil Blas*, Mme de Miran dans *La Vie de Marianne*).

« Si Peau d'Âne m'était conté,
J'y prendrais un plaisir extrême.
Le monde est vieux, dit-on, je le crois ;
 cependant
Il le faut amuser encor comme un
 enfant. »

Cette dédicace est plus ouvertement polémique que les pièces précédentes ;

l'allusion au « sublime » est assez claire pour désigner Boileau, traducteur comme on l'a rappelé du *Traité du sublime* de Longin et chef de file de ces « esprits guindés » qui n'entendent rien au plaisir du conte. Le ton n'est pas sans évoquer encore La Fontaine, dans une fable-épître également célèbre :

« La bagatelle, les sciences,
Les chimères, le rien, tout est bon :
Je soutiens
Qu'il faut de tout aux entretiens[1]. »

Dernier conte du recueil, *Les Souhaits ridicules* sont dédicacés à une énigmatique « Mademoiselle de la C***[2] ». Le conte du boudin s'y trouve qualifié (p. 119) de « folle et peu galante fable », entendons : bien éloignée du goût mondain et féminin comme de la simple « honnêteté ». C'est l'occasion de dissocier la matière de la manière, et de faire tenir le prix d'un conte, ici nommé *fable*, à la seule narration :

« [Vous qui savez] charmer en racontant,
Et dont l'expression est toujours si naïve,
Que l'on croit voir ce que l'on entend ;
Qui savez que c'est la manière
Dont quelque chose est inventé,
Qui beaucoup plus que la matière
De tout récit fait la beauté,
Vous aimerez ma fable et sa moralité
[...]. »

1. « Discours à Mme de La Sablière », pièce conclusive du livre IX, 1678.

2. G. Rouger (éd. des *Contes*, Classiques Garnier, 1967, p. 295) a proposé d'y reconnaître Philis de La Charce, dauphinoise invitée à Paris par le roi après avoir lutté, à la tête d'une troupe de paysans, contre le duc de Savoie ; elle était liée à Mme Deshoulières et à Mlle Lhéritier.

Toutes les valeurs défendues par les Modernes dans la Querelle se retrouvent ainsi dans les différents éloges du conte habilement distribués au sein du mince recueil : le merveilleux autochtone contre la mythologie des païens, un plaisir mondain contre l'austère érudition, une participation enjouée contre la froide admiration. Perrault s'est convaincu que le conte peut devenir un genre « moderne », au même titre que l'opéra, et il a bien forgé ce premier recueil comme un opuscule polémique à verser au dossier déjà volumineux de la Querelle ; peut-être l'a-t-il poussé sur l'échiquier comme une pièce décisive, la « naïveté » et la fraîcheur des contes étant seules à même de séduire un public mondain dominé par les femmes pour l'amener à rejoindre les rangs des Modernes.

LA PEAU DE PERRAULT

On ignore à peu près tout de l'accueil réservé par le public à ce coup d'essai : l'absence de témoignages signifie peut-être que le recueil, aussi mince que disparate, trop explicitement en prise sur la Querelle, n'a pas rencontré l'audience escomptée, sauf dans quelques cercles étroits qui ne furent toutefois pas sans influence, comme on le dira bientôt.

La réaction des partisans des Anciens nous est en revanche mieux connue. Dès la parution séparée de *Peau d'Âne*, les adversaires de Perrault ne se sont pas fait faute de répliquer, et Boileau tout le premier en faisant courir cette épigramme :

« Si du parfait ennuyeux,
Tu veux trouver le modèle,
Ne cherche point dans les cieux
D'astre au soleil préférable ;
Ni dans la foule innombrable
De tant d'écrivains divers,
Chez Coignard[1] rongés des vers,
Un poète comparable
À l'auteur inimitable
De *Peau d'Âne* mis en vers. »

1. L'éditeur du recueil des contes en vers et d'une probable édition séparée de *Peau d'Âne*.

D'autres partisans des Anciens firent chorus, et l'épigramme fut relayée par une main anonyme dans le *Recueil* Moetjens[2] :

2. Voir ci-dessus, p. 38.

« Perrault nous a donné *Peau d'Âne*,
Qu'on le loue ou qu'on le condamne ;
Pour moi je dis comme Boileau,
Perrault nous a donné sa peau. »

Les solidarités mondaines manifestées dans les multiples dédicaces des contes en vers ne restèrent toutefois pas lettre morte : le recueil rencontra plus d'un écho au sein de ces salons essentiellement féminins, où la passion des contes de fées en prose avait, dès le début des années 1690, pris le relais d'autres divertissements oraux, comme les portraits ou les bouts-rimés. La circulation manuscrite puis la publication des *Histoires du temps passé* ne se laissent pas dissocier de cet engouement mondain autant que « littéraire ».

III CONTES À LA MODE

La propre nièce de Charles, cette Mlle Lhéritier dont un madrigal avait eu l'honneur de figurer dans la Préface des contes en vers, orchestre en effet dès la fin de l'année 1695 une véritable mode des contes de fées. Il semble même qu'entre l'oncle et la nièce ait prévalu une manière de partage des tâches : si l'académicien fait désormais tout pour dissimuler son rôle — les contes en prose paraîtront sous le nom de son fils —, il revient à Mlle Lhéritier de continuer à porter le genre sur le terrain de la polémique.

CONTEUSES ET BRODEUSES

En 1690, quelques mois donc avant la lecture de *Griselidis* à l'Académie, Mme d'Aulnoy avait été la première à insérer un conte en prose, « L'Île de félicité », au sein d'une nouvelle galante dans le goût des « petits romans » de Mme de Lafayette, *l'Histoire d'Hypolite Comte de Douglas* ; si le conte ne s'affirmait pas ici comme une œuvre à part entière, il avait assuré à la nouvelle de Mme d'Aulnoy un vrai succès : le même public qui aimait à conter aime à lire des contes. En 1695, les *Œuvres mêlées* de Mlle Lhéritier viennent relayer la publication du premier recueil de Perrault, en offrant deux contes de fées en prose et deux nouvelles sans merveilleux. L'année suivante paraît une nouvelle historique intitulée *Inès de Cordoue* — aujourd'hui attribuée à une cousine de Fontenelle, Catherine Bernard — qui comporte deux contes en prose, « Le Prince Rosier » et une version de « Riquet à la Houppe » exactement contemporaine de celle appelée à figurer dans les *Histoires du temps passé*[1]. Et bientôt, les contes succèdent aux contes : la floraison devait durer plus d'une décennie.

1. On peut les lire avec le texte de la nouvelle dans *Nouvelles galantes du XVIIe siècle*, éd. M. Escola, GF-Flammarion, 2004, p. 394-408.

Fin 1696, Mme d'Aulnoy fait paraître les quatre premiers volumes de ses *Contes de fées*, bientôt suivie par Mlle de La Force. Au théâtre, la féerie est tournée en ridicule par Dufresny dans une comédie intitulée *Les Fées ou Contes de ma mère l'Oye*, sans vrai rapport avec les contes de Perrault mais qui mêle plaisamment le personnel féerique (ogres et fées) à celui de la *comedia dell'arte* en exploitant le magasin des accessoires merveilleux (chariot volant, baguette magique et métamorphoses). En 1698, Nodot donne une *Histoire de Mélusine*, Préchac des *Contes moins contes que les autres*, Mme de Murat des *Contes des fées* et des *Nouveaux Contes des fées*, Mme d'Aulnoy quatre tomes encore de *Contes nouveaux ou les Fées à la mode* (au total cette proche de Mlle Lhéritier écrira vingt-cinq contes, parmi lesquels d'incontestables réussites dont l'audience sera plus grande au siècle suivant que celle des *Contes* de Perrault : *L'Oiseau bleu, La Chatte blanche, Le Nain jaune, La Belle aux cheveux d'or*, et *Finette Cendron*, autre version de *Cendrillon*). En 1699, Dancourt emboîte le pas à Dufresny dans une comédie allégorique, mais moins nettement parodique, également intitulée *Les Fées*.

Les épigones se multiplient entre 1699 et 1701 (plus d'une vingtaine de volumes et près de quatre-vingt contes)[1], et la mode s'épuise. Il faudra en 1704 une inspiration venue d'Orient pour renouveler la féerie (ce sera le premier tome de la traduction par Galland des *Mille et Une Nuits* que fait paraître la veuve Barbin, l'éditeur des *Histoires du temps passé*)[2].

1. Près du tiers des quarante volumes d'une « bibliothèque des contes » constituée à la veille de la Révolution sous le titre du *Cabinet des fées* sont consacrés à la seule décennie 1695-1705.

2. Voir R. Robert, *Le Conte de fées littéraire en France de la fin du XVIIe à la fin du XVIIIe siècle*, Champion, 2002, et J.-P. Sermain, *Le Conte de fées de Perrault à Cazotte*, Desjonquères, 2005.

UN AIR DE FAMILLE : MLLE LHÉRITIER

Dans les *Œuvres mêlées* achevées d'imprimer en octobre 1695, les quatre récits de Mlle Lhéritier se trouvent encadrés par des pièces polémiques qui consonnent avec celles des contes en vers : on concevrait mal que leur signataire ait pu agir sans l'assentiment sinon la complicité de son oncle. Au vrai, ces pièces se lisent comme une plaquette de « lancement » des *Histoires du temps passé*, préparant le public à la publication prochaine d'un recueil attribué à un « enfant », et donc sans autre « auteur » que la « tradition » populaire elle-même. La dédicace de la première « nouvelle », *Marmoisan ou l'Innocente Tromperie*, est à « Mlle Perrault » — occasion pour Mlle Lhéritier d'un hommage aux *Contes en vers* de « l'illustre père » de la jeune fille et d'une première allusion à « l'agréable recueil de contes » que son « aimable frère » prépare ; ce conte en prose s'achève sur une « moralité » en vers qui oppose l'heureuse « sagesse de nos pères » aux « maximes sévères » des philosophes antiques. Mais c'est surtout avec *Les Enchantements de l'éloquence* que Mlle Lhéritier se pose en fervente partisane des Modernes ; la Préface des contes en vers, datant de la même année 1695, indiquait déjà, comme on l'a signalé, le canevas de cette *fabula* qui devait figurer dans le recueil des *Histoires du temps passé*[1]. Échange de bons procédés : la dédicace de ces *Enchantements* « À Mme la Duchesse d'Épernon » accueille un quatrain issu de la fin de *Peau d'Âne*, comme Perrault avait glissé dans la Préface des contes en vers un madrigal de sa nièce.

Au demeurant, la longue « nouvelle » des *Enchantements de l'éloquence* est si bien différente du bref conte proposé la même année par Perrault sous le titre des *Fées* dans le manuscrit des contes en prose, qu'on peut penser que les deux versions ont été conçues pour être lues l'une en regard de l'autre (le pluriel retenu par Perrault, alors même que son conte comme celui de Mlle Lhéritier ne connaît qu'une seule fée, serait alors à interpréter comme le signe de cette solidarité). *Les Enchantements de l'éloquence ou les Effets de*

1. On pourra lire la version de Mlle Lhéritier dans l'édition G. Rouger des *Contes* de Perrault, éd. cit., p. 239-270. J.-P. Collinet en fournit le résumé p. 287-288.

la douceur fourniraient même une exégèse des *Fées*, qui affabulent le seul dernier épisode d'une intrigue beaucoup plus développée chez Mlle Lhéritier (au point que cette version longue peut se lire aussi comme une contamination de *Griselidis* et de *Cendrillon*...). M. Fumaroli en a fait la savante démonstration[1] : le titre choisi par Mlle Lhéritier, comme le nom donné à la fée (*Eloquentia nativa*) réfèrent non sans ironie au lexique de la rhétorique savante et à la *suavitas* latine, mais c'est pour promouvoir plus sûrement un idéal mondain de « douceur » — délicatesse, honnêteté et séduction conjuguées — inscrite en creux dans la moralité des *Fées* (« les douces paroles ont encore plus de force... »). *Les Enchantements de l'éloquence* donneraient ainsi le sens latent du conte de Perrault, qui pourra dès lors s'exempter de toute inflexion polémique : « sanctionner sous le voile allégorique de la fiction, l'accession des femmes à la dignité oratoire » et faire voir dans le triomphe social de l'héroïne « à la fois la cause et la conséquence de la culture mondaine et moderne » (M. Fumaroli).

La dédicace de ces *Enchantements* renoue ouvertement avec les inflexions de la Préface des contes en vers : « contes pour contes, il me paraît que ceux de l'Antiquité gauloise valent bien à peu près ceux de l'Antiquité grecque ; et les fées ne sont pas moins en droit de faire des miracles que les dieux de la Fable » (*i.e.* la mythologie). Elle vient surtout assi-

1. L'article déjà cité propose une confrontation détaillée des deux versions, p. 165 *sq.* Sur celle de Perrault, voir ci-dessous, p. 147.

gner — pour la première fois — une origine historique, évidemment française, aux contes : l'art des « troubadours de Provence ». Cette thèse d'une origine nationale des contes, qui revêt la plus grande importance dans le contexte de la Querelle, est ensuite longuement développée dans une épître placée à la suite des contes et qu'il faudrait pouvoir ici citer en entier ; conçue comme un véritable manifeste, cette épître se donne comme une réplique au traité *De l'origine des romans* publié en 1669 par Pierre-Daniel Huet, un érudit proche de Mme de Lafayette devenu entre-temps l'adversaire de Perrault dans la Querelle[1].

1. Voir Dossier, p. 179.

« [...] les Troubadours sont les auteurs des petites histoires dont j'ai parlé. Ils étaient des hommes d'esprit : la Provence en avait en ce temps-là plus que le reste de la France, et elle en a beaucoup encore. Ils remplirent leurs récits de prodiges étonnants des fées et des enchanteurs. Et comme en ce temps-là le bel esprit était très chéri, on souhaitait les troubadours en tous lieux avec empressement : ils allaient dans la campagne réciter leurs contes chez les personnes de qualité, et ils charmaient tous ceux qui les écoutaient. [...] Cependant ces galants troubadours virent beaucoup enchérir sur leurs projets. Avant eux on n'avait point entendu parler de romans : on en fit ; de siècle en siècle ces sortes de productions s'embellirent, et elles sont venues enfin à ce comble de perfection où l'illustre Mademoiselle de Scudéry les a portés. [...] Malgré le progrès des romans, la tradition nous a conservé les contes des troubadours, et comme ils sont ordinairement remplis de faits surprenants, et qu'ils enferment une bonne morale, les grand-mères et les gouvernantes les ont toujours racontés aux enfants pour leur mettre dans l'esprit la haine du vice et l'amour de la vertu. Ils n'ont plus servi qu'à cet usage. Mais comme par un destin presque inévitable les ouvrages qu'on a porté à leur perfection, ne manquent guère de dégénérer, les romans ont perdu beaucoup de leurs beautés : on les a réduits en petit, et dans cet état, il y en a peu qui conservent les grâces du style et les agréments de l'invention. Contre une *Princesse de Clèves*, et deux ou trois autres qui ont charmé par la grandeur des sentiments et par la justesse des expressions, on a vu paraître un nombre infini de petits romans sans goût, sans règle et sans politesse. Cette décadence des romans en ayant fait prendre le dégoût, on s'est avisé de remonter à leur source, et l'on a remis en règne les contes du style des troubadours. Un Académicien illustre par quantité de beaux ouvrages et par les lumières admirables qu'il a dans tous les arts, a mis en vers des contes de ce caractère, qui ont eu une approbation universelle. Ensuite on en a fait en prose, et enfin cette mode est devenue générale[1] ».

1. Marie-Jeanne Lhéritier de Villandon (1644-1734), *Œuvres mêlées, contenant L'Innocente Tromperie, L'Avare puni, Les Enchantements de l'éloquence, Les Aventures de Finette, nouvelle*, J. Guignard, 1696, p. 299-318.

Des liens ainsi postulés entre l'essor du conte en prose et le destin du genre romanesque, l'œuvre de Catherine Bernard porte également témoignage.

CONCOURS GALANT : C. BERNARD

Les deux « contes galants » offerts dans *Inès de Cordoue* sont introduits au sein de la nouvelle historique à la faveur d'une compétition mondaine décidée par la reine Élisabeth, « fille de France » mariée à Philippe II d'Espagne[2] ; le concours

2. Elle est l'héroïne du *Dom Carlos* de Saint-Réal dont la nouvelle de C. Bernard est une continuation.

met aux prises deux rivales, Inès l'emportant sur Léonor et le conte du « Prince Rosier » sur « Riquet à la Houppe » auprès du public comme dans le cœur de l'Infant Dom Carlos. Le récit-cadre offre ainsi un témoignage fictif sur les conditions réelles d'élaboration des contes dans les salons du temps et un éclairage que l'on osera dire précieux sur les discussions relatives à l'esthétique du conte, laquelle appelle des « règles » comme les autres genres.

« La reine, qui était française, avait conservé le goût de la conversation ; elle avait même quelque chose de passionné dans l'âme qui lui faisait aimer les vers, la musique et tout ce qui avait du rapport à la galanterie. Les après-dînées elle se retirait quatre ou cinq heures dans son cabinet avec les dames de la cour qu'elle choisissait pour cette sorte de retraite. Elle proposa, pour se faire un amusement nouveau, d'imaginer des contes galants ; l'ordre fut reçu avec plaisir de toutes les dames qui composaient cette petite cour ; on convint de faire des règles pour ces sortes d'histoires dont voici les deux principales : que les aventures fussent toujours contre la vraisemblance, et les sentiments toujours naturels. On jugea que l'agrément de ces contes ne consistait qu'à faire voir ce qui se passe dans le cœur et que, du reste, il y avait une sorte de mérite dans le merveilleux des imaginations qui n'étaient point retenues par les apparences de la vérité [1] ».

1. Éd. cit. des *Nouvelles galantes du XVIIe siècle*, p. 393.

On retrouvera dans les contes en prose de Perrault, mais sur un mode résolument ludique sinon facétieux, cette alliance enjouée entre merveilleux de l'intrigue et

« réalisme » des sentiments dans laquelle C. Bernard fait tenir l'essence du genre.

Du *Riquet* d'*Inès de Cordoue* à celui des *Histoires du temps passé*, rien n'autorise à supposer un plagiat dans un sens ou dans l'autre [1] : proche de Fontenelle, Perrault ne pouvait pas ignorer le projet de Catherine Bernard ; les deux conteurs puisent à un fonds commun, et peut-être faut-il postuler en effet, à l'origine des deux versions, un divertissement oral ou une manière de compétition galante dans un salon qui pourrait bien être celui de Mlle Lhéritier... Les deux *Riquet* diffèrent toutefois sensiblement : C. Bernard se dispense d'une seconde figure féminine, au profit d'un « triangle amoureux » assez efficace entre la jeune fille tout à la fois belle et stupide, le hideux personnage éponyme qui fait du mariage la condition de l'esprit, et un amant séduit à la veille des noces ; si dans la version de Perrault le second épisode, qui voit Riquet surgir des entrailles de la terre, alors qu'il nous avait été jusque-là présenté comme un jeune prince d'un royaume voisin, introduit une surprenante rupture, C. Bernard, plus cohérente si l'on veut mais non pas nécessairement plus proche d'une version originale dont nous ignorons tout, fait de Riquet un gnome, prince d'un royaume souterrain où se déroule toute la fin du conte [2].

On doit s'interroger sur les liens que le conte entretient avec l'esthétique de la nouvelle historique et galante qui leur

1. L'achevé d'imprimer d'*Inès de Cordoue* datant de mai 1696 et le privilège du 19 février, ce dernier conte se trouve exactement contemporain de celui qui figure dans le recueil des *Histoires du temps passé* dont le privilège fut pris en octobre de la même année.

2. C. Bernard se souvient à l'évidence des puissances souterraines telles qu'évoquées par Montfaucon de Villars dans le *Comte de Gabalis* (1670 ; éd. R. Laufer, Nizet, 1963, p. 78 *sq.*).

offre un cadre ; une mode a pu chasser l'autre sans vraie solution de continuité, le public mondain accordant aux « contes de Peau d'Âne » une estime égale à celle qu'il portait aux « nouveaux romans », ainsi que le notait dès 1690 un contemporain, l'abbé de Villiers : « Rien ne marque mieux qu'on a aimé les romans par esprit de bagatelle que de voir qu'on leur compare des contes à dormir debout, et que les femmes, autrefois charmées de *La Princesse de Clèves*, sont aujourd'hui entêtées de *Griselidis* et de *La Belle aux cheveux d'or*[1] ».

1. *Réflexions sur les défauts d'autrui* (1690) ; sur l'abbé de Villiers, voir ci-dessous, p. 64, et dans le Dossier, p. 196, l'extrait des *Entretiens sur les contes de fées*.

Les deux genres peuvent sembler de prime abord bien opposés — la féerie affichant son invraisemblance quand la nouvelle veut passer pour histoire vraie — et on imaginerait mal trouver un conte merveilleux dans *La Princesse de Clèves* — encore que le petit roman de Mme de Lafayette comporte quelques récits enchâssés et que son héroïne soit une lectrice apparemment assidue des « contes » de Marguerite de Navarre... Si le conte merveilleux peut investir la nouvelle, et bientôt la concurrencer dans le cœur du public, c'est qu'il en constitue en quelque façon la continuation en s'émancipant moins des lois de la vraisemblance que de l'esprit de sérieux : l'hypothèse est ici que le conte s'écrit depuis une posture qui est l'antithèse exacte, sinon le renversement parodique, de celle du narrateur de la nouvelle historique et galante. Ce n'est pas un hasard si *Inès de Cordoue* qui nous enchante de deux contes est aussi une nouvelle où se fait jour une forme de désenchantement à l'égard des exemples délivrés par l'Histoire...

IV HISTOIRE DES *HISTOIRES*

La parution en 1697 des huit contes en prose sous le titre de *Histoires ou Contes du temps passé. Avec des moralités* est solidaire de cette mode que Perrault a sans nul doute encouragée sinon directement orchestrée. On s'en tiendra ici à une stricte chronologie de cette publication, en réservant l'examen de la mystification qui donne le recueil au fils de Charles Perrault : l'histoire de ces *Histoires* mérite d'être détaillée ensuite comme un conte.

1695 : Un manuscrit d'apparat intitulé *Contes de ma mère Loye*, est offert à « Mademoiselle » (Élisabeth-Charlotte d'Orléans, née en septembre 1676, dernière enfant de Philippe d'Orléans, frère de Louis XIV et de Charlotte-Élisabeth de Bavière, « Madame »), avec une épître dédicatoire signée « P.P. », pour « Pierre Perrault », le fils cadet de Perrault (né en 1678, il avait dix-neuf ans et était à la veille d'obtenir une lieutenance dans le régiment du Dauphin) ; le recueil comprend cinq contes en prose : *La Belle au Bois dormant*, *Le Petit Chaperon rouge*, *La Barbe bleue*, *Le Maître Chat ou le Chat botté*, *Les Fées*[1].

1696 : *La Belle au Bois dormant, conte* paraît anony-

1. Le texte en a été reproduit en fac-similé par J. Barchilon, *Perrault's Tales of Mother Goose. The Dedication Manuscript of 1695...*, New York, 1960.

mement dans le *Mercure galant* de février (avec d'importantes variantes en regard du manuscrit de 1695, indiquées en notes par J.-P. Collinet). Le texte en est exactement repris, toujours sans nom d'auteur, dans le t. V, première partie, du *Recueil de pièces curieuses*, La Haye, Moetjens.

Janvier 1697 : Le *Mercure galant* annonce la sortie des *Contes* : l'article regarde le fils de l'académicien comme « l'auteur » du recueil, mais cet auteur « n'a fait autre chose que de les rapporter naïvement en la manière qu'il les a ouï conter dans son enfance. Les connaisseurs prétendent qu'ils en sont plus estimables, et qu'on doit les regarder comme ayant pour auteurs un nombre infini de pères, de mères, de grand-mères, de gouvernantes et de grand-amies, qui depuis peut-être plus de mille ans y ont ajouté, en enchérissant toujours les uns sur les autres, beaucoup d'agréables circonstances ».

Les *Histoires ou Contes du temps passé. Avec des moralités* paraissent chez C. Barbin, l'éditeur des œuvres galantes du temps (privilège du 28 octobre 1696 au « sieur P. Darmancour » qui le cède à Barbin, registré le 11 janvier), avec un frontispice de Clouzier comportant une pancarte « Contes de ma mère Loye ». L'épître dédicatoire est désormais signée « P. Darmancour », surnom mondain de Pierre Perrault. Aux cinq contes de 1695, pour lesquels le texte imprimé fournit souvent de notables additions et parfois une leçon différente, s'ajoutent trois autres contes en prose : *Riquet à la Houppe, Cendrillon ou la petite pantoufle de verre, Le Petit Poucet*. L'ensemble est repris sans nom d'auteur dans le *Recueil* Moetjens, t. V, quatrième partie. La même année une autre édition paraît chez Barbin, toujours anonymement et sans variantes majeures, ainsi qu'une contrefaçon hollandaise qui attribue l'ouvrage « au fils de M. Perrault de l'Académie française ».

1707 : L'éditeur J.-B. Coignard réimprime *Conte de Peau d'Âne et des Souhaits ridicules*, excluant donc

Griselidis de cette nouvelle mouture du recueil des contes en vers.

La veuve Barbin imprime les *Histoires ou Contes du temps passé. Avec des moralités,* « par M. Perrault, augmentés d'une nouvelle à la fin » (est ajoutée *L'Adroite Princesse* de Mlle Lhéritier).

1781 : *Contes de fées* par Charles Perrault, Paris, Lamy, 3 vol. Première édition réunissant les contes en vers et ceux en prose, avec une version apocryphe de *Peau d'Âne en prose* qui paraît pour la première fois. Entre 1721 et 1781, le recueil des *Histoires ou Contes du temps passé (*mais non les contes en vers) connaît plusieurs rééditions qui annexent aux contes en prose des contes de Mlle Lhéritier ou de Mme Leprince de Beaumont [1].

1. Voir la Bibliographie établie par J.-P. Collinet, p. 365.

La chronologie met en évidence la date de 1695, qui voit à la fois la parution des contes en vers mis en circulation l'année précédente mais désormais précédés, comme on l'a vu, d'une Préface retentissante, et l'établissement du manuscrit des contes en prose, promis deux ans plus tard (et trois contes après) à la publication sous le même titre d'*Histoires du temps passé* ; 1695, c'est aussi la date de parution des *Œuvres mêlées* de Mlle Lhéritier, et c'est encore l'année de la mort de La Fontaine : on y reviendra.

Ce simple relevé des faits révèle aussi que l'opération éditoriale a été concertée pour conférer au recueil des contes en prose, privés d'« auteur » au sens strict du terme, un statut différent, et résolument atypique, en regard tant des contes en vers dont la filiation n'est absolument pas assumée, que des contes imprimés concurremment par Mlle Lhéritier ou C. Bernard.

AU NOM DU PÈRE

Entrons maintenant dans la légende délibérément bâtie par Perrault autour de la publication du recueil des huit contes en prose. On l'a dit : l'édition de 1697 des *Histoires ou Contes du temps passé* reprend, comme il était d'ailleurs d'usage et sans variante majeure, l'épître dédicatoire qui figurait sur le manuscrit en maroquin rouge soigneusement relié aux armes de Mademoiselle. La dédicace n'y est plus signée des initiales « P.P. » mais de « P. Darmancour », désignant le même Pierre Perrault. Nonobstant les dix-neuf ans du fils Perrault, le volume imprimé continue donc d'accréditer l'idée que le recueil a bien été réuni par un « enfant » — la dédicace laissant simplement entendre que la « composition » des contes remonte à plusieurs années — et se dispense d'une préface : « l'auteur » du recueil n'a pas l'âge d'entrer dans des polémiques, et l'essentiel de la charge liée aux contes avait été porté deux ans plus tôt par Perrault en son nom propre dans la Préface aux contes en vers et par Mlle Lhéritier dans ses *Œuvres mêlées*.

Quel crédit accorder à cette attribution du volume à un « enfant » qui aurait recueilli ces contes de la bouche même d'une nourrice ? La question a longtemps divisé les spécialistes, et l'on se contentera d'énumérer ici les pièces du débat[1], en observant simplement que tous les témoignages qui attribuent le recueil à Pierre Perrault sont antérieurs à la publication et viennent sans exception de proches de Charles, lesquels pourraient bien être complices de l'opération. Une fois le succès assuré, personne ne semble plus douter que le recueil soit l'œuvre de l'académicien.

1. À la suite de M. Simonsen, *Perrault. Contes*, PUF, coll. « Études littéraires », 1992, p. 10 *sq.*

En amont de la publication, trois témoignages concourent à attribuer le recueil au fils, comme le veut aussi le privilège d'octobre 1696 accordé « au Sieur P. Darmancour ».

- Une nouvelle anonyme (depuis lors attribuée à un proche de Charles Perrault, l'abbé de Choisy), rééditée dans le *Mercure galant* d'août-septembre 1696 sous le titre « Histoire de la Marquise-Marquis de Banneville », attribue allusivement *La Belle au Bois dormant* (parue séparément dans le même périodique en février de la même année) à un « fils de maître », sans faire toutefois état d'un recueil en préparation[2] :

« — Avez-vous lu *La Belle au Bois Dormant* ?

— Si je l'ai lue ? s'écria la petite marquise. Je l'ai lue quatre fois, et ce petit conte m'a raccommodée avec le *Mercure galant*, où j'ai été ravie de l'y trouver. Je n'ai encore rien vu de mieux narré ; un tour fin et délicat, des expressions toutes neuves ; mais je ne m'en suis point étonnée quand on m'a dit le nom de l'auteur. Il est fils de maître, et s'il n'avait pas bien de l'esprit, il faudrait qu'on l'ait changé en nourrice. »

- Les premières contrefaçons hollandaises, mais non pas le *Recueil* Moetjens, attribuent l'ouvrage

2. Une première version de la nouvelle, parue dans le *Mercure* en février 1695, ne comportait pas cette allusion. Voir J. Lafond (éd.), *Nouvelles du XVIIe siècle*, Gallimard, coll. « Bibliothèque de la Pléiade », p. 1698 et Notice.

« au fils de monsieur Perrault, de l'Académie française ».

◗ Dans la dédicace à Mlle Perrault de *Marmoisan ou l'innocente tromperie, nouvelle héroïque et satirique*, Mlle Lhéritier évoque, on l'a vu, les contes en vers de « l'illustre père » de la dédicataire, et « l'agréable recueil de contes » préparé « par son aimable frère ».

Les témoignages ne manquent pas qui donnent toutefois le recueil au père dès avant la parution des *Histoires* pour le premier d'entre eux :

◗ Dans une lettre du 23 septembre 1696, l'abbé Dubos écrit à Pierre Bayle : « Ce même libraire [Barbin] imprime aussi les *Contes de ma mère l'Oye* de monsieur Perrault. Ce sont des bagatelles auxquelles il s'est amusé autrefois pour réjouir ses enfants [1]. »

1. Mêmes affirmations dans deux autres lettres datées du 1er mars (« Notre siècle est devenu bien enfant sur les livres... ») et du 19 août 1697.

◗ Annonçant la mise en vente des *Hommes illustres* et du quatrième volume du *Parallèle entre les Anciens et les Modernes*, « de Charles Perrault », le *Mercure galant* de janvier 1697 passe sans autre transition, mais sans donner de nom d'auteur, aux *Histoires du temps passé* :

« Je me souviens de vous avoir envoyé l'année dernière le conte de *La Belle au Bois Dormant*, que vous me témoignâtes avoir lu avec beaucoup de satisfaction. Ainsi je ne doute point que vous n'appreniez avec plaisir que celui qui en est l'auteur vient de donner un recueil de contes qui en contient sept autres avec celui-là. [...] Je suis fort sûr qu'ils vous divertiront beaucoup et que vous y trouverez tout le mérite que de semblables bagatelles peuvent avoir. »

◗ Dans les *Entretiens sur les Contes de fées* (1699) presque uniquement consacrés aux *Histoires du temps passé*, l'abbé de Villiers fait état de ses doutes quant à l'attribution au fils : « [...] il faut être habile pour bien imiter la simplicité de leur ignorance [*i.e.* des nourrices], cela n'est pas donné à tout le monde ; et quelque estime que j'aie pour le fils de l'Académicien dont vous parlez, j'ai peine à croire que le père n'ait pas mis la main à son Ouvrage [...] [1] ».

1. Voir Dossier, p. 196.

◗ La notice nécrologique de Pierre Darmancour paru en 1700 dans le *Mercure* fait bien mention des « ouvrages de galanterie et d'érudition » donnés par « le fils de M. Perrault », mais sans autre allusion aux *Contes*.

◗ En revanche, à la mort de Charles Perrault (mai 1703), le *Mercure* inscrit les contes parmi les œuvres de l'Académicien :

« M. Perrault a fait beaucoup d'ouvrages qu'il n'a regardés que comme des amusements et qui ne laissent pas d'avoir leur mérite, mais comme il savait bien peindre et qu'il tirait d'une matière tout ce qu'elle pouvait lui fournir, on ne doit pas s'étonner si tous ces ouvrages ont été bien reçus du public, et si le succès de *Griselidis* a été si grand. [...] Son génie était universel et brillait dans les moindres bagatelles : on peut dire qu'il changeait en or tout ce qu'il touchait. L'heureuse fiction où l'Aurore et le petit Jour sont si ingénieusement introduits [*La Belle au Bois dormant*], et qui parut il y a neuf à dix années, a fait naître tous les contes de fées qui ont paru depuis ce temps-là, plusieurs personnes d'esprit n'ayant pas cru ces sortes d'ouvrages indignes de leur réputation. »

◗ Réimprimant en 1707 les *Histoires* en prose, la veuve Barbin, dont on peut supposer qu'elle connaissait la clé de l'énigme, conserve la pagination et les gravures de l'édition originale, en inscrivant cependant au titre : *Contes de Monsieur Perrault.*

Si l'on pose donc, comme on l'a fait jusqu'ici, que les contes en prose ont bien le même « auteur » que les contes en vers dont l'attribution n'a jamais fait aucun doute, on est conduit à s'interroger sur l'ambition qui a présidé à pareille mystification. On se penchera ainsi sur le protocole de lecture que dessine la brève dédicace (p. 127-128), dont c'est sans doute la seule fonction — au vrai, elle forme à elle seule une manière de conte — avant d'en venir au frontispice de l'édition *princeps*, manifestement solidaire de la « fiction » ainsi mise en œuvre.

DÉNI D'AUTORITÉ

Que gagne le recueil a être donné sous le nom d'un enfant ? L'essentiel passe ici par un double déni d'« autorité ». Si l'on en croit la dédicace à Mademoiselle, sœur de ce Philippe dont Saint-Simon nous a entretenu[1], les contes ont bien un auteur, qui les a « composés », mais cet auteur n'est pas écrivain de métier : c'est un « enfant » — on n'évaluera donc pas les mérites de la narration à l'aune des règles, mais à celle de la naïveté, de la « simplicité » et du naturel. Le lecteur se trouve ainsi invité à apprécier un ensemble de qualités proprement mondaines, en marge de toute esthétique dogmatique — la fraîcheur plutôt que la rigueur.

D'autant que cet enfant, qui n'est pas écrivain, ne saurait revendiquer la propriété de ses œuvres : ces contes ont un autre auteur, et même plusieurs, eux-mêmes sans autorité s'ils sont bien « à l'image de ce qui se passe dans les moindres familles », et même « dans les huttes et les cabanes », hier comme

1. Voir ci-dessus, p. 23.

aujourd'hui — partout on « imagine des histoires dépourvues de raison » pour instruire les enfants.

L'attribution à un enfant qui fut d'abord un auditeur, et qui prend simplement rang dans une chaîne de conteurs, dessine un scénario d'appropriation que l'on doit déchiffrer comme l'image inversée de la construction de l'autorité de l'auteur telle que les partisans des Anciens la concevaient : un auteur, aux yeux d'un Boileau, d'un Racine ou d'un La Bruyère, ne reçoit son statut que par la médiation d'un autre « auteur » et d'une tradition constituée en genre littéraire. La tradition dont ces contes « s'autorisent » est pour sa part sans « autorité » comme sans origine assignable : point n'est besoin de remonter dans le temps puisqu'elle se perpétue de nos jours ; mieux encore : cette tradition se constitue dans le temps de son rappel, de son « retour » si l'on veut, dans un tout autre régime de permanence ; le genre ici ne se tient pas en amont des textes auxquels il dicterait ses lois : il est ce qui s'invente dans la production de l'œuvre et mieux encore dans sa réception. La notion d'originalité est soumise au même déplacement : elle ne passe pas par les « variantes » apportées à un modèle canonique toujours-déjà disponible, mais par le retour d'un déjà-su, reconnu comme tel — d'un savoir qui n'est pas « littéraire » et qui est celui de tous, autonome donc à l'égard de tout magistère. Telle est sans doute la raison pour laquelle Perrault a observé, dans le recueil de 1697 comme dans celui de 1695, le plus scrupuleux silence sur les traditions écrites — tant les « vieux romans » que les livrets de colportage, mentionnés par exception dans la seule épître sur *Griselidis* — comme sur l'hypothétique histoire du genre qui passionnait Mlle Lhéritier. Il importait que le régime « moderne » fût de la sorte inassimilable à la doctrine de l'imitation : s'il entre de la récriture dans l'écriture du conte, c'est une récriture qui produit son modèle (ou hypotexte) en même temps qu'elle le transforme. Il n'était sans doute pas de meilleure façon de démontrer qu'un texte « moderne » peut se dispenser de modèles antiques qu'en instituant, par la fiction de la dédicace, une série d'énonciations au terme de laquelle l'« origine » se trouve tout entière résorbée.

L'épître met l'accent sur un second aspect de ce nouveau régime du texte : comme il y a plusieurs « auteurs » à l'origine des contes, et à vrai dire aucun auteur, il y a peut-être plusieurs lecteurs en nous, dont aucun n'a autorité sur l'autre ; partant, on doit donner plusieurs sens aux contes, sans qu'il nous soit permis de revendiquer l'un d'eux comme supérieur aux autres. Il faut voir autre chose qu'un artifice de la rhétorique épidictique[1] dans ce passage de l'éloge de Mademoiselle et l'allusion aux « héros de [sa] race » (probable référence à Henri IV, fondateur de la dynastie régnante) : « rien ne marque

1. La dédicace relève du genre rhétorique de l'éloge.

tant la vaste étendue d'un esprit que de pouvoir s'élever en même temps aux plus grandes choses et s'abaisser aux plus petites ». La maxime porte l'annulation du partage entre grandes et petites choses tout comme l'intérêt royal pour « ce qui se passe » dans les huttes et les cabanes abolit la distinction entre le public et le particulier : entendre le conte, c'est ressaisir la mémoire vive du peuple pour faire corps avec lui.

Cette maxime vient encore appuyer l'idée que le conte recèle plusieurs degrés de sens — « une morale très sensée, et qui se découvre plus ou moins selon le degré de pénétration de ceux qui lisent ». C'est le texte ici qui « lit » son lecteur, et dont il attend qu'il soit plusieurs lecteurs « en même temps ».

Toute la valeur d'un texte, dans le régime moderne que dessine cette fiction, se joue donc « à réception », sans autre médiation que celle d'un lecteur qui vient prendre sa place dans une chaîne d'énonciations, sans autre magistère que celle de la communauté dont cette même chaîne fait l'unité, sans autre modèle que celui dont tous se trouvent disposer par cette appartenance, et finalement sans autre autorité que celle de l'interprète.

LE FRONTISPICE DES *HISTOIRES* LU PAR LOUIS MARIN

Le frontispice donné à cette impression, gravé par Clouzier qui signe également pour chacun des contes une vignette aussi grossière que les images naïves des almanachs imprimés chez Oudot, vient redoubler la fiction de la dédicace ; il constitue une véritable « préface en image », selon la formule de Louis Marin qui en a proposé une analyse magistrale, en rappelant d'abord la définition donnée par Littré du *frontispice* : « gravure que l'on place en regard du titre d'un livre *et dont le sujet est analogue au but et à l'esprit de l'ouvrage* ».

« [L'image représente] l'intérieur clos d'une pièce, dans une maison, où se trouve cadrés non le titre du livre ni même les personnages d'un des contes dont le livre se présente comme le recueil, mais au contraire la mise en *représentation de la narration* de ces histoires, celle de leur *énonciation*. L'image frontispice représente, en image, le dispositif producteur du récit, et précisément de ces récits que le titre nomme histoires ou contes du temps passé, c'est-à-dire de leur énonciation orale. Une vieille nourrice, gouvernante ou "mie", assise sur un tabouret, filant avec son fuseau la laine de sa quenouille, parle (la bouche est ouverte et sa main gauche esquisse le geste archaïque du comput digital) à trois jeunes personnes "de qualité", un petit garçon debout, portant chapeau, la main posée sur le giron de la vieille, une adolescente avec une coiffure Fontanges, mains glissées dans un manchon et un jeune homme chapeauté, assis dans un fauteuil, dos à la cheminée où flambe un feu de bois : espace clos du

foyer et de l'intimité — la vieille narratrice se détache sur le fond d'une porte fermée dont l'huis de la serrure est à hauteur de son œil — espace nocturne de la veillée que signalent non seulement le feu de l'âtre, mais la bougie allumée et rayonnante dans son bougeoir posé sur le manteau de la cheminée, mais un chat pelotonné, tapi, les yeux ouverts, "face au spectateur" : mise en scène de l'oralité dans ses représentations canoniques, la toute-puissante maîtresse de la voix narratrice et ses destinataires, enfants et adolescents, filles et garçons, dans la fascination de l'écoute. [...]
Dans la pénombre du fond de la pièce, à peine éclairée par la bougie et le feu de l'âtre, se déploie une plaque qui porte gravés sur elle ces mots *Contes / de ma / mère l'Oye,* un titre qui pourrait bien valoir pour celui de la page imprimée en regard du frontispice : *Histoires ou Contes du temps passé ;* un titre qui est celui du manuscrit de 118 pages relié aux armes de Mademoiselle, nièce de Louis XIV, à laquelle, en 1695, Perrault avait dédié les contes en prose. [...]
Ce retour de l'écrit sous forme d'une inscription gravée, hétérogène à l'image paradigmatique de l'oralité narrative, manifeste, au prix de cette incohérence et sans doute grâce à elle, la stratégie de l'écrivain Charles Perrault, cet auteur qui avait effacé son nom de la page imprimée en regard. Et ce, d'autant plus explicitement qu'à côté de la plaque gravée où se trouve nommée de son nom générique la narratrice anonyme de l'image, Ma Mère l'Oye, il en est une autre, plus petite, qui est représentée clouée elle aussi par quatre rivets à la porte et où figure une inscription en signes biffés par les rayures obliques de la gravure : une inscription *illisible* d'un nom crypté : celui du graveur ? celui de l'écrivain ? des initiales ? un monogramme ? Peut-être simplement un signe qu'il y a là de l'écriture sous sa forme la plus mémorable, la plus monumentale, une inscription épigraphique [1] ».

1. L. Marin, « Une lisière de la lecture » (1990), repris dans *Lectures traversières*, Albin Michel, 1992.

Le détail du frontispice converge avec l'évocation des « huttes et des cabanes » portée par la dédicace pour nourrir un imaginaire de la lecture : une scène fictive nous est donnée à rêver — l'un de ces enfants, le plus âgé peut-être, serait Pierre Darmancour en train de recueillir la parole vive de la « mie ». La fiction ainsi forgée redouble l'absence de nom d'auteur en page de titre, fiction d'un texte sans auteur, dont l'origine se perd dans la nuit des temps, dans un jeu de relais entre plusieurs conteurs : l'enfant qui a appris ces contes de sa nourrice nous les raconte, et nous-mêmes les raconterons à notre tour (le moins qu'on puisse dire, c'est que cela n'a pas si mal marché !).

L. Marin est fondé à parler d'une « stratégie à double face » : les deux *topoï* solidairement mis en œuvre par la dédicace et le frontispice — « la *transcription* de récits en situation *orale* ; l'effacement de l'*auteur-écrivain* dont le nom *signerait* l'ouvrage, devant une instance d'énonciation orale, celle d'une voix du conte dont la caractéristique la plus forte est d'être *sans nom propre* » — viennent exhiber le statut nouveau, « moderne », de ces textes qui sont bel et bien *à lire*. Si l'édition *princeps* corrige le manuscrit en remplaçant, dans le texte de l'épître dédicatoire, « ceux qui les [*i.e.* ces contes] écoutent » par « ceux qui les lisent » (tout comme se trouve supprimée dans le texte du *Petit Chaperon rouge* la note marginale à fonction de didascalie qui accompagnait le mot du loup « C'est pour te manger » : « On prononce ces mots d'une voix forte pour faire peur à l'enfant comme si le loup l'allait manger »), c'est que la publication ne vient pas militer pour un accès du public lettré à l'oralité populaire « réelle », ni pour une régression de l'adulte à l'enfance. La fiction sert bien une stratégie d'auteur : elle « l'autorise dans sa modernité en le légitimant dans sa dissimulation » (L. Marin). Ni écrit ni oral, le texte à lire se tient dans un entre-deux : une écriture qu'il faut écouter comme une voix sans nom, en se plaçant, fût-ce imaginairement, dans les circonstances que le frontispice représente.

Au rang des effets de la stratégie ainsi mise en œuvre, on rangera encore, et toujours avec L. Marin, l'autonomisation du genre auquel Perrault devait associer son nom propre comme *nom de genre*, précisément parce qu'il a su ne pas inscrire son titre de propriété au fronton du recueil :

« En transitant des pages du recueil des contes où elle [la nourrice ou la mie] intervenait directement à l'image du frontispice, l'agent de l'histoire contée par écrit perd sa dimension et ses prédicats narratifs pour devenir la figure abstraite du prédicat d'un genre littéraire, contes de fées, en attendant que le nom de l'auteur-écrivain Charles Perrault s'anonymise à son tour en forme de qualificatif de ce genre : Contes-de-Perrault [1]. »

Qualificatif de genre qui autorisera,

1. L. Marin, art. cit., p. 25.

bien plus tard, l'annexion des contes en vers aux *Histoires du temps passé* au sein d'un unique volume bel et bien attribué au seul Charles Perrault — recueil alors pleinement « originel » dans la mesure où pour les onze contes finalement rassemblés, il sera devenu impossible de « remonter » en deçà des versions de Perrault...

LA FONTAINE PRIS AU MOT

Comment comprendre le changement de stratégie entre la publication des *Contes en vers* assortis d'une Préface retentissante dûment signés par Perrault et la mise en circulation du manuscrit des contes en prose, où le même Perrault s'abstient d'afficher son rôle exact ? Un événement, survenu au cours de la même année, sépare les deux opérations : 1695 voit aussi la disparition de celui qui fut pour Perrault tout à la fois un modèle, un rival et un double — La Fontaine. L'histoire de leurs rapports mériterait une longue analyse. On se contentera ici de rappeler que l'œuvre de Perrault est régulièrement habitée par un dialogue assez libre avec le poète des *Fables* qui se trouvait être aussi l'auteur de deux recueils de *Contes*, et de poser que Perrault a conçu le genre du conte comme une réplique « moderne » à opposer à la tradition des fables qui pouvait se prévaloir de la plus haute Antiquité[1].

1. Voir Dossier, p. 173 *sq*.

La forme à laquelle La Fontaine avait définitivement associé son nom dès le premier recueil de 1668 était familière à Perrault ; en témoigne dès 1675 la série des apologues conçus pour les trente-neuf statues du *Labyrinthe de Versailles*[1] : l'ensemble est introduit par un bref texte (p. 240-241) où le poète galant s'explique sur les « additions » qu'il croit ainsi devoir faire et aux fables d'Ésope et aux quatrains de Benserade qui ornaient déjà les statues ; il ne s'agit que de révéler l'existence, *dans toute fable*, de « quelque moralité galante », et c'est un dialogue allégorique, mettant en scène l'Amour et Apollon, qui vient justifier la chose en égratignant au passage les réalisations de l'Antiquité. La série offre donc une compétition enjouée entre la « sagesse » du vieux fabuliste et les alertes leçons de l'Amour seules nécessaires aux amants d'aujourd'hui ; compétition avec La Fontaine aussi bien, dans la mesure où vingt-trois des trente-neuf apologues représentés au Labyrinthe figuraient déjà dans le premier recueil des *Fables*[2]. Avec ces fables galantes, on est tout proche déjà de la formule qui sera, vingt ans plus tard, celle des *Histoires du temps passé* : un résumé en prose de la *fabula*, simple équivalent narratif d'une scène représentée en sculpture, suivi d'une moralité en vers, souvent plus longue que le canevas. Tout le plaisir est de substituer à la morale connue de la fable une moralité inédite, en ce qu'elle intéresse la conduite des

1. Voir p. 239 *sq.*, et les explications de J.-P. Collinet, p. 295 *sq.*

2. J-P. Collinet en établit le relevé (p. 361).

amants. La « traduction » du canevas ésopique en précepte galant donne un échantillon de la malice enjouée qui caractérise les *Contes* de Perrault. Ainsi de la fable du renard qui, « ne pouvant atteindre aux raisins d'une treille, dit qu'ils n'étaient pas mûrs » (p. 252) :

« Quand d'une charmante beauté,
Un galant fait le dégoûté,
Il a beau dire, il a beau feindre,
C'est qu'il n'y peut atteindre. »

Nul doute qu'avec ce *Peau d'Âne* donné au sein du mince recueil de 1694 comme le prototype du genre nouveau, Perrault ait voulu prendre La Fontaine au mot ; on l'a plus haut rappelé[1] : le conte de « bonne femme » fut bien conté au fabuliste, moins de six ans après le vœu formulé dans « Le pouvoir des fables » (« Si *Peau d'Âne* m'était conté / J'y prendrais un plaisir extrême ») ; l'Histoire ne nous dit pas si le fabuliste, qui s'était rangé parmi les partisans des Anciens non sans manifester toutefois son indépendance[2], y a pris « l'extrême plaisir » escompté. Car toute la Préface de 1695 des *Contes en vers* est à lire non seulement comme un manifeste en faveur des Modernes, on l'a dit, mais plus précisément comme un dialogue polémique avec La Fontaine, où Perrault joue ses contes contre les *Fables* et les *Contes* du fabuliste. L'argument pédagogique (p. 49) d'abord est repris à la tradition de l'apologue, et plus ouvertement

1. Voir ci-dessus, p. 45.

2. Voir l'épître en vers à Huet, citée dans le Dossier, p. 179.

à la Préface des *Fables* ou aux différentes épîtres et dédicaces émaillant le recueil de La Fontaine dont Perrault démarque les formules et le lexique[1]. Comme l'a noté R. Zuber, tout le début est un hardi pastiche de la Préface fameuse de 1668 : « L'indulgence que l'on a eue pour quelques-unes de mes fables... » (La Fontaine), « La manière dont le public a reçu les différentes pièces de ce recueil... » (Perrault) ; « Cette opinion ne saurait partir que d'un homme d'excellent goût », « Mais on a eu la satisfaction de voir que les gens de bon goût... ».

1. Voir les citations de La Fontaine indiquées par J.-P. Collinet, p. 297-299.

Très vite ensuite, l'allusion à la « fable de Psyché » sert sans doute le propos « moderne », en ravalant les fables antiques au rang de « conte de vieille comme celui de *Peau d'Âne* », mais elle vise aussi La Fontaine qui avait donné en 1669 une *Psyché* restée célèbre. Il en va de même de « la fable du laboureur » qui figure au livre VI du recueil de La Fontaine sous le titre de « Jupiter et le métayer » ; Perrault *feint* ici de la croire de la plus haute antiquité, alors qu'on ne lui connaît pas d'original ésopique, pour la comparer au conte des *Souhaits ridicules*. La critique se fait bientôt plus précise, et vise l'essentiel (p. 51) :

« À l'égard de la morale cachée dans la fable de *Psyché*, je la comparerai à celle de *Peau d'Âne* quand je la saurai, mais jusqu'ici je n'ai pu la deviner. Je sais bien que Psyché signifie l'âme ; mais je ne comprends point ce qu'il faut entendre par l'Amour qui est amoureux de Psyché, c'est-à-dire de l'âme, et encore moins ce qu'on ajoute, que Psyché devrait être heureuse, tant qu'elle ne connaîtrait point celui dont elle était aimée, qui était l'Amour, mais qu'elle serait très malheureuse dès le moment qu'elle viendrait à le connaître : voilà pour moi une énigme impénétrable. Tout ce qu'on peut dire, c'est que cette fable de même que la plupart de celles qui nous restent des Anciens n'ont été faites que pour plaire sans égard aux bonnes mœurs qu'ils négligeaient beaucoup. »

Occasion pour Perrault d'en appeler à la « moralité » de nos « aïeux », qui ont sur les Anciens cette supériorité d'avoir connu la Révélation...

Il y a mieux : le rapprochement de la « fable de Psyché » avec le « conte de *Peau d'Âne* » rend les deux désignations génériques parfaitement interchangeables, si bien que Perrault peut écrire tranquillement : « Mes fables méritent mieux d'être racontées que la plupart des contes anciens. »

Car La Fontaine, on l'oublie trop souvent, n'est pas l'auteur des seules *Fables* : il fut d'abord, de 1665 à 1674 celui de *Contes* assez épicés, d'une veine gaillarde qu'on dirait aujourd'hui « rabelaisienne » et qui n'était plus de mise dans une cour devenue dévote ; ces *Contes* étaient à cette date absolument décriés (les *Nouveaux Contes* de 1675 avaient même été interdits, et une légende tenace veut que leur auteur les ait reniés au soir de sa vie). *In cauda venenum*, la fin de la Préface de Perrault prend directement à partie le conteur que fut La Fontaine : « J'aurais pu rendre mes contes plus agréables en y mêlant certaines choses un peu libres dont on a accoutumé de les égayer ; mais le désir de plaire ne m'a jamais assez tenté pour violer une loi que je me suis imposée de ne rien écrire qui pût blesser ou la pudeur ou la bienséance » (p. 52).

Cette clausule vise explicitement le plaidoyer de La Fontaine pour le « conte un peu libre » dans la Préface des *Contes* de 1665 :

« On me dira que j'eusse mieux fait de supprimer quelques circonstances, ou tout au moins de les déguiser. Il n'y avait rien de plus facile ; mais cela aurait affaibli le conte, et lui aurait ôté de sa grâce. [...] Je confesse qu'il faut garder en cela des bornes, et que les plus étroites sont les meilleures : aussi faut-il m'avouer que trop de scrupule gâterait tout. [...] Car, afin que l'on ne s'y trompe pas, en matière de vers et de prose, l'extrême pudeur et la bienséance sont deux choses bien différentes. Cicéron fait consister la dernière à dire ce qu'il est à propos qu'on dise eu égard au lieu, au temps, et aux personnes qu'on entretient. Ce principe une fois posé, ce n'est pas une faute de jugement que d'entretenir les gens d'aujourd'hui de contes un peu libres. Je ne pèche pas non plus en cela contre la morale. S'il y a quelque chose dans nos écrits qui puisse faire impression sur les âmes, ce n'est nullement la gaieté de ces contes ; elle passe légèrement : je craindrais plutôt une douce mélancolie, où les romans les plus chastes et les plus modestes sont très capables de nous plonger, et qui est une grande préparation à l'amour. »

Les trois contes en vers se trouvent ainsi délibérément appariés à des œuvres de La Fontaine. Le statut même du premier d'entre eux, *Griselidis*, témoigne au demeurant de l'influence sur Perrault du La Fontaine des *Contes* : la « nouvelle » en vers est démarquée de Boccace comme nombre des contes de La Fontaine (à commencer par le premier d'entre eux, *Joconde*[1], et émaillée d'emprunts à des contes précis comme *La Coupe enchantée* (III, 4) mais aussi à des fables du second recueil (« Le Berger et le Roi », X, 9), ou encore à *Adonis* et à l'hymne à la Volupté à la fin de *Psyché*. *Peau d'Âne* est narré en vers mêlés : sa métrique comme sa prosodie sont largement inspirées de la pratique aisée qui est celle de La Fontaine en ses *Fables*, quand les périphrases humoristiques font davantage songer aux *Contes* du fabuliste. *Les Souhaits ridicules* ont l'allégresse et la relative brièveté des apologues où l'Ésope français ne se refusait pas les plaisirs du dialogue...

1. Voir ci-dessous, p. 87.

En 1692 déjà, le troisième tome du *Parallèle* était venu circonscrire le terrain de cette rivalité ; le développement sur les *Fables* (à l'égard desquelles Boileau avait observé un retentissant silence dans son

Art poétique...) peut d'abord sembler uniformément élogieux[1], mais la confrontation du fabuliste moderne avec ses prédécesseurs grec et latin vise surtout à conclure, au grand dam sans doute de l'intéressé, que « les Anciens n'ont fait qu'ébaucher la poésie et qu'il était réservé aux Modernes d'y mettre la dernière main » ; l'autorité d'Ésope ou de Phèdre est balayée d'un trait de plume, par la simple évocation de ces « fables que les mères et les nourrices content en bon français à leurs enfants » et dont on ne leur fait guère un mérite. Au passage, Perrault peut annexer les *Fables* aux œuvres d'un « burlesque galant » dans laquelle l'académicien fait tenir le meilleur de la poésie moderne : « naïveté, surprise, enjouement libre et agréable, plaisanterie qui charme et émeut » en même temps — toutes les qualités reconnues aux *Fables* sont aussi celles dont Perrault se réclame de son côté dans les *Contes*.

1. Voir Dossier, p. 184 *sq.*

Il se pourrait que le projet des contes en prose soit mieux encore que le recueil de 1694 le produit direct de cette rivalité avec La Fontaine, comme R. Zuber en a fait le premier l'hypothèse[2] — compétition d'autant plus franche que la « fiction » qui attribue le recueil à un enfant interdit désormais toute allusion polémique au poète des *Fables* en déplaçant les enjeux de ce qui pouvait se lire jusque-là comme simple querelle entre un Moderne et un très contemporain Ancien. Perrault aurait ainsi délibérément cherché à transposer

2. Éd. cit. des *Contes*, p. 31 *sq.*

aux *Histoires du temps passé* les qualités et l'esthétique même attachées aux *Fables*, pour être le conteur « galant » que La Fontaine n'a pas su être dans ses propres contes.

On se défend mal en effet de l'idée que Perrault a voulu rejouer l'année même de la mort de La Fontaine l'opération accomplie naguère par le fabuliste, lequel s'était emparé d'une formule littéraire dénuée de prestige (l'apologue était avant lui regardé d'abord comme un exercice pédagogique) et se l'était si bien appropriée qu'il l'avait élevée à la dignité d'un authentique genre littéraire. Mieux encore : on a le sentiment que Perrault joue le La Fontaine des *Fables* contre celui des *Contes*, en s'emparant du titre tombé en déshérence depuis l'interdiction des *Nouveaux Contes*, pour instituer le genre en une manière de forme fixe comme le même La Fontaine avait su le faire pour la fable mais non pour le conte... L'ambition est manifeste dans la facture du recueil de Perrault dès sa version manuscrite de 1695 : les « moralités » en vers placées à la fin de chaque narration et dont la présence est signalée dans le titre même du recueil — *Histoires ou Contes du temps passé. Avec des moralités* — relèvent de la tradition de l'apologue et nullement de celle des contes populaires (Perrault est le seul, avec Mlle Lhéritier, à y recourir). La répétition de ce mot de « moralité » pour chacune des histoires, la gravure placée face à leur titre respectif dans le recueil imprimé, à l'instar des vignettes de Chauveau illustrant les *Fables* ; la présence d'un sous-titre générique *conte* (à la notable exception du *Chat botté*) ; le « il était une fois » systématiquement repris à l'initiale (seule exception : *La Barbe bleue*) : autant de signes de l'ambition de créer une petite forme fixe.

Mais le dialogue demeure dissimulé et se joue désormais non pas tant d'homme à homme que de texte à texte : est-ce un hasard si *Le Chat botté* voit revenir l'un des animaux du *Labyrinthe de Versailles*, en reprenant un motif de la fable « Le chat pendu et les rats » (p. 243).

« Un chat se pendit par la patte, et faisant le mort, attrapa plusieurs rats. Une autre fois il se couvrit, de farine. Un vieux rat lui dit : "Quand tu serais même le sac de la farine, je ne m'approcherais pas."

> Le plus sûr bien souvent est de faire retraite
> Le chat est chat, la coquette coquette. »

Bref apologue qui condensait moins la fable d'Ésope que celle, bien connue, de La Fontaine (III, 18 : « Le chat et un vieux rat »). Et tours de chat dont se souvient à l'évidence l'animal de 1697 : « [son maître] lui avait vu faire tant de tours de souplesse, pour prendre des rats et des souris, comme quand il se pendait par les pieds, ou qu'il se cachait dans la farine pour faire le mort, qu'il ne désespéra pas d'en être secouru dans sa misère » (p. 157). Mais ce même Chat botté peut craindre d'abord de se voir finir en « manchon » comme tel autre animal des *Fables*[1]. N'en doutons pas : le Chat botté de Perrault et celui de La Fontaine sont faits de même fourrure, et tout se passe comme si le conteur avait cherché à donner une suite aux aventures de l'animal dans les *Fables* en lui offrant de triompher de l'humiliation que lui fait subir le fabuliste au livre III de son premier recueil. La rivalité n'en resta peut-être pas là : on retrouve ce « Maître Chat » dont on ne sait plus bien s'il est celui de La Fontaine ou celui de Perrault dans trois des tout derniers apologues du fabuliste (1694)[2].

Ce n'est pas avec son seul « Maître Chat » que Perrault a su prendre La Fontaine au mot, et plus d'une fois au pied de la lettre : les *Contes* fourmillent d'emprunts quasi littéraux ou de détournements parodiques et ironiques des *Fables* les plus connues. Ainsi de la compétition proposée par le loup au Petit Chaperon rouge (p. 143), où toute la ruse de l'animal consiste à être un lièvre qui a la ténacité de la tortue, pendant que l'enfant est une tortue qui a l'insouciance du lièvre ; ce même conte peut en outre se lire comme une « réplique » donnée à l'une des fables doubles du premier recueil de La Fontaine (« Le Loup, la Chèvre et les Chevreaux », IV, 15-16), où le loup voyant sa proie lui échapper se prenait à rêver : « Que quelque jour ce beau

1. « Le Singe et le Léopard » (IX, 3) : « Le roi m'a voulu voir ; / Et si je meurs il veut avoir / Un manchon de ma peau. »

2. Et non des moindres, dans l'actuel livre XII (recueil posth.) : les fables 2 (« Le Chat et les deux Moineaux »), 5 (Épître *À Mgr. le Duc de Bourgogne*, suivie de « Le vieux Chat et la jeune Souris »), 8 (« La Querelle des Chiens et des Chats et celle des Chats et des Souris »).

marmot aille aux bois cueillir la noisette[1]... »

À l'occasion, le jeu intertextuel est plus subtil encore ; au lecteur qui s'interrogerait sur l'ellipse qui, au début de *La Belle au Bois dormant*, ne nous laisse pas apprendre comment « enfin pourtant la reine devint grosse » (quand jusque-là « vœux, pèlerinages, menues dévotions » avaient été vainement « mis en œuvre »), on ne saurait trop conseiller la lecture du conte de La Fontaine intitulé *La Mandragore* (III, 2) : il y apprendra quel « parrain » et quel remède il faut choisir en pareil cas — et de quel « bois » se chauffent les « femelles » (le mot sonne étrangement dans la moralité de Perrault, p. 140). Que ce même lecteur garde son exemplaire des *Contes* de La Fontaine en main : il verra dans *La Fiancée du roi de Garbe* (III, 14) ce qu'il advient à celles qui vont dormir au bois... Mais par le début de la première moralité (« Attendre quelque temps pour avoir un époux / Riche, bien fait, galant et doux »), *La Belle au Bois dormant* communique encore avec deux fables elles-mêmes appariées chez La Fontaine : « La Jeune Veuve » (VI, 21) et « La Fille » (VII, 4).

Rapprocher les deux conteurs, c'est se rendre sensible, outre aux échos intertextuels directs[2], à la tonalité non pas égrillarde mais malicieuse des récits de Perrault, où les ogres ne laissent pas d'être fort bon maris (p. 199), où les jeunes hommes un peu malins savent donner de

1. Voir M. Escola, *Lupus in fabula. Six façons d'affabuler La Fontaine*, Presses Universitaires de Vincennes, 2004, chap. I, « Brèves histoires de loups ». Le premier apologue de la « fable double » de La Fontaine figure dans la traduction par Perrault des *Fables* de Faërne (III, 13).

2. Les notes de J.-P. Collinet les signalent régulièrement.

l'esprit aux filles (p. 183), où les jeunes endormies ont des songes agréables (p. 136)...

L'auteur des *Contes* s'est donc voulu, selon l'heureuse formule de R. Zuber, le « nouveau Racine de ce nouveau Corneille » qu'était devenu l'auteur des *Fables*. Mais le dialogue continûment entretenu avec l'œuvre de La Fontaine déborde à l'évidence le goût de Perrault pour les « parallèles » : ne faut-il pas lire le portrait de La Fontaine donné au lendemain de la mort du fabuliste dans *Les Hommes illustres* (1698) comme un singulier autoportrait[1] ? Un an plus tard, l'auteur des *Contes* pouvait proposer enfin son livre de *Fables*, avec une traduction des fables latines de Faërne, ouvrage longtemps mûri s'il faut en croire la dédicace et soigneusement composé (cinq livres de vingt fables, soit l'équivalent du premier recueil de La Fontaine). Osons le mot : La Fontaine fut pour Perrault moins un rival qu'un frère, un double de lui-même obstinément poursuivi et aimé dans une querelle qui a toutes les allures d'une Thébaïde — à l'instar peut-être du besson tôt disparu : « Je suis né le douzième janvier 1628 et né jumeau. Celui qui vint au monde quelques heures avant moi fut nommé François et mourut six mois après[2]... »

1. Pour le *Portrait de La Fontaine* comme pour les *Fables* de Faërne, voir Dossier, p. 173 *sq.*

2. Ch. Perrault, *Mémoires*, voir Dossier, p. 157.

V FICTION ET DICTION : LE POUVOIR DES CONTES

Retenons donc cette hypothèse : les *Contes* de Perrault sont ancrés dans un dialogue ancien avec La Fontaine ravivé par la polémique académique avec Boileau. On s'attachera dès lors, pour mieux entrer dans l'esthétique des deux recueils de Perrault et cerner la pratique de la narration, à un précoce jugement de Boileau sur le premier en date des contes de La Fontaine, jugement dont M. E. Storer a la première signalé l'importance[1].

1. E. M. Storer, *La Mode des contes de fées (1685-1700)*, Champion, 1928, p. 209 ; suivie par M. Fumaroli, art. cit., p. 448.

L'AFFAIRE DE *JOCONDE*

Fin 1664 ou début 1665, Boileau donnait une *Dissertation sur Joconde*, simple texte de circonstance lié apparemment à un pari engagé par quelque proche sur le succès respectif de la *Joconde* de La Fontaine, nouvelle « imitée » du poète italien l'Arioste, et de celle de Bouillon[2] qui prétendait n'en offrir qu'une simple traduction (les *Mémoires* de Brienne laissent entendre que le frère de Boileau et Perrault auraient été mêlés à l'affaire). L'histoire de Joconde passait pour un classique de la littérature satirique sur l'infidélité des femmes (*Griselidis* sera en quelque sorte une anti-*Joconde*), et le texte de La Fon-

2. Parue, parmi d'autres pièces galantes, dans l'édition posthume des *Œuvres de Monsieur de Bouillon* (1663). Une comparaison des deux versions prend place dès janvier 1665 dans le tout jeune *Journal des Savants*.

taine constituait son premier conte en vers mêlés, paru en 1664 avec un autre récit intitulé *Le Cocu battu et content*, imité de Boccace et rédigé pour sa part en « vieux langage » (inspiré du style de Marot). Dans un « Avertissement » précédant les deux contes, La Fontaine opposait les deux styles en donnant à choisir, sans cacher pourtant son admiration pour le « vieux langage » : « L'Auteur a cru que les vers irréguliers ayant un air qui tient beaucoup de la prose, cette manière pourrait sembler la plus naturelle, et par conséquent la meilleure. D'autre part aussi, le vieux langage, pour des choses de cette nature, a des grâces que celui de notre siècle n'a pas. Les *Cent nouvelles nouvelles*, les vieilles traductions de Boccace et des *Amadis,* Rabelais, nos anciens poètes, nous en fournissent des preuves infaillibles [1] ».

1. Les deux pièces se retrouvent l'année suivante dans le premier recueil de *Contes et nouvelles en vers* de La Fontaine, précédées du même avertissement.

Boileau, qui n'est pas encore le législateur de l'*Art poétique,* n'intervient pas dans le débat linguistique, et ne reprend pas à son compte l'attachement de La Fontaine au « vieux langage » comme aux traditions autochtones : ce sera vingt ans plus tard la pomme de discorde avec Perrault. Dans cette *Dissertation*, Boileau s'attache surtout à critiquer la présence, dans un poème de genre élevé, héroïque et épique, comme le *Roland furieux*, de cette « Histoire de Joconde » qu'il regarde comme un « conte de vieille ».

« Je soutiens que non seulement la nouvelle de M. de La Fontaine est infiniment meilleure que celle de

M. Bouillon, mais qu'elle est même plus agréablement contée que celle d'Arioste. [...]

Premièrement, je ne vois pas par quelle licence poétique Arioste a pu, dans un poème héroïque et sérieux mêler une fable, et un conte de vieille pour ainsi dire, aussi burlesque qu'est *l'Histoire de Joconde*. [...] Qu'y a-t-il de plus grave et de plus sérieux que certains endroits de ce poème [le *Roland furieux*] ? Qu'y a-t-il de plus bas et de plus bouffon que d'autres ? [...] Peut-on voir rien de moins sérieux que *l'Histoire de Joconde et d'Astolphe* ? [...] Sans mentir une telle bassesse est bien éloignée du goût de l'Antiquité ; et qu'aurait-on dit de Virgile, bon Dieu !, si à la descente d'Énée dans l'Italie, il lui avait fait conter par un hôtelier l'histoire de Peau d'Âne, ou les contes de ma Mère l'Oye ? Je dis Contes de ma Mère l'Oye, car l'histoire de Joconde n'est guères d'un autre rang. [...]

J'ai de la peine à souffrir le sérieux avec lequel Arioste écrit un conte si bouffon. Vous diriez que non seulement, c'est une histoire très véritable, mais que c'est une chose très noble et très héroïque [...]. Il n'y a rien de plus ridicule que de raconter une Histoire comique et absurde en termes graves et sérieux : à moins que ce sérieux ne soit affecté tout exprès, pour rendre la chose encore plus burlesque. Le secret donc en contant une chose absurde, est de s'énoncer d'une telle manière que vous fassiez concevoir au lecteur, que vous ne croyez pas vous-même la chose que vous lui contez. Car alors, il aide lui-même à se décevoir, et ne songe qu'à rire de la plaisanterie agréable d'un auteur qui se joue et ne lui parle pas tout de bon. [...]

C'est ce que M. de La Fontaine a observé dans sa nouvelle ; il a cru que dans un conte comme celui de Joconde, il ne fallait pas badiner sérieusement. Il rapporte à la vérité des aventures extravagantes, mais il les donne pour telles ; partout il rit et il joue ; et si le lecteur veut lui faire un procès sur le peu de vraisemblance qu'il y a aux choses qu'il raconte, il ne va pas, comme Arioste, les appuyer par des raisons forcées, et plus absurdes encore que la chose même ; mais il s'en sauve en riant, et en se jouant du lecteur, qui est la route qu'on doit tenir en ces rencontres. [...]

Ces sortes de beauté sont de celles qu'il faut sentir, et qui ne se prouvent point. C'est ce *je ne sais quoi* qui nous charme, et sans lequel la beauté même n'aurait ni grâce, ni beauté[1]. »

1. Éd. Ch.-H. Boudhors, Les Belles-Lettres, 1942, p. 10-18 ; le texte parut d'abord sans nom d'auteur dans l'édition de 1669 des *Contes et nouvelles en vers* de La Fontaine ; Boileau ne l'a jamais fait imprimer, sans doute pour ne pas attacher durablement son nom à l'un de ces contes très vite décriés.

Ce n'est nullement le bas comique du conte lui-même que conteste Boileau mais l'hétérogénéité des registres, la disconvenance entre le sérieux de l'expression et la bassesse de la matière narrative : le burlesque supposant d'afficher cette disconvenance comme telle, la faute de l'Arioste regarde la diction plutôt que la fiction. Et Boileau reconnaît conséquemment à La Fontaine un mérite avant tout énonciatif : ayant conté « plus plaisamment une chose très plaisante, il a mieux compris [que l'Arioste] l'idée et le caractère de la narration » ; le premier conte de La Fontaine se trouve ainsi avoir donné, une fois pour toutes, la formule d'une « narration enjouée », d'un récit qui ne conte pas « tout de bon » — qui donne à lire l'histoire à la façon d'une longue citation délivrée sans que le narrateur la reprenne exactement à son compte. L'art de Perrault dans ses *Contes* ne se dissocie pas de cette esthétique et du principe de la narration enjouée comme reprise ironique ou parodique.

TRAVESTISSEMENTS BURLESQUES

Sans doute Perrault a-t-il été d'autant plus réceptif à la proposition de Boileau, et à l'art de La Fontaine, qu'il a longtemps été un adepte du burlesque, forme majeure de la disconvenance dans le système classique des genres où prévaut une règle de rigoureuse conformité entre la matière et le style. Les *Mémoires* de l'académicien livrent un témoignage sur l'engouement du jeune Charles, au sortir du collège, pour ces exercices de « travestissement » des grands textes antiques qui furent à la fin des années 1640 une mode durable[1]. Scarron, qui fut à l'origine du phénomène (*Typhon*, 1644, *Virgile travesti*, 1648), et dont Cyrano de Bergerac croyait dévaluer les œuvres en les caractérisant comme « un pot-pourri de Peaux d'Âne et de contes de ma mère l'Oye », fut aussi le premier à concevoir le travestissement consistant à transposer l'univers noble de l'épopée dans celui de la facétie et du comique, comme un art de la dissonance irrespectueuse[2]. Au deuxième livre de son *Virgile travesti*, la culture populaire nationale est d'ailleurs mobilisée pour servir le propos burlesque : Scarron y représente la vieille Hécube amusant le petit Astyanax avec « des contes de *Mélusine*, de *Peau d'Âne* et de *Fierabras* ».

L'Énéide burlesque et *Les Murs de Troie*, les deux premiers essais « littéraires » de(s) Perrault, manifestent le même affranchis-

1. Voir Dossier, p. 169 *sq.*

2. « Le burlesque avant Scarron n'était que *diversion* ; avec lui il devient *inversion* » (J. Serroy, introduction au *Virgile travesti*, Bordas, Classiques Garnier, 1988, p. 4).

sement à l'égard de la culture enseignée par les jésuites, l'indépendance d'esprit se conjuguant à la politique (la mode du burlesque coïncide avec les dernières années de la Fronde, et les allusions politiques font parfois de ces pièces des *mazarinades*) ; car le plaisir du burlesque est d'abord transgressif : traduire Virgile dans la langue la plus triviale, prêter aux héros épiques le langage « des harengères ou des crocheteurs » comme le dira Boileau, c'est multiplier les emprunts à une culture orale populaire qu'on se réapproprie (proverbes et grasses plaisanteries, jeux de mots cocasses et « gauloiseries », archaïsmes et contrepèteries) dans une pratique de la double distance, à l'égard de l'Antiquité sérieuse *et* à l'égard du langage populaire. Le travestissement burlesque suppose donc une connaissance exhaustive de la langue et de ses différents registres — Saint-Amant, qui participait aux premiers travaux de l'Académie pour le *Dictionnaire*, le notait déjà : « il n'appartient pas à toutes sortes de plumes de s'en mêler ; et si l'on n'est maître absolu de la langue, si l'on n'en sait toutes les finesses, voire même jusqu'aux moindres vétilles, je ne conseillerai jamais à personne de l'entreprendre ».

Le burlesque fut pour Perrault tout autre chose qu'un divertissement de jeunesse : cette espèce particulière de *parodie*, où l'on joue la culture « populaire » contre la littérature antique pour destituer cette dernière de son autorité, où il s'agit toujours de faire lire deux textes à la fois, est peut-être bien *le* genre de Charles Perrault.

Le tome III du *Parallèle* s'emploie logiquement (et longuement) à réhabiliter le burlesque[1], dans une conception singulièrement élargie : contre l'avis de Boileau dans l'*Art poétique*, Perrault institue le burlesque, entendu comme art de la disconvenance plaisante et de la subtile raillerie, en genre « moderne » associé à la « poésie galante » ; Scarron est cité en exemple d'un « burlesque qui a ses grâces et ses beautés », qui « a toujours senti son galant homme et a toujours eu l'air de la Cour et du beau monde », pour son *Virgile travesti* mais aussi pour son *Roman comique* (1651-1657) qui « travestit » non pas l'épopée antique mais le roman héroïque moderne conçu sur le modèle épique. Il y a donc pour Perrault un « burlesque galant », auquel le partisan des Modernes affilie le meilleur de la littérature contemporaine : Voiture, Sarrasin, mais aussi La Fontaine et Benserade, à l'évocation duquel Perrault formule ce principe qui pourrait bien constituer la formule même de l'esthétique des *Contes* — « donner un double plaisir en donnant à entendre deux choses à la fois, qui, belles séparément, deviennent plus belles étant jointes ensemble ».

1. Voir Dossier, p. 183 *sq.*

LA « NARRATION ENJOUÉE » : DEUX CONTEURS POUR UN CONTE

Au principe de cette « narration enjouée » que Perrault hérite du La Fontaine des *Contes* comme de ses essais dans le genre burlesque, la dimension citationnelle du récit : le conteur rapporte une matière dont il n'est pas l'auteur, sans la conter « tout de bon », comme reprise d'un autre, et en affichant régulièrement sa supériorité sur un hypothétique narrateur antérieur réputé plus « naïf ». Détaillons quelques-uns des procédés par lesquels le conteur, à l'exemple du narrateur d'un roman comique, manifeste sa distance à l'égard de sa propre narration en invitant par là même le lecteur à « jouer » sa propre lecture.

Le procédé le plus voyant consiste à rapporter le conte comme une « histoire du temps passé », ainsi que le veut le titre du recueil des contes en prose, en ménageant des anachronismes délibérés. À l'issue de son aventure, le Petit Poucet peut ainsi « rentabiliser » très prosaïquement l'attribut merveilleux des « bottes de sept lieues » dérobé à l'ogre ; c'est l'occasion d'un trait de persiflage de la part du conteur (p. 200) : si le roi récompense généreusement le messager de ses batailles, tant du moins que le héraut a des victoires à lui apprendre, les dames qui attendent des nouvelles de leurs amants paient mieux que celles qui « le chargeaient de lettres pour leurs maris » ; le temps d'amasser un capital, et le même Petit Poucet peut investir ensuite ses gains en achetant pour son père et ses frères des « offices de nouvelle création », charges de collecteurs des deniers publics dont les titulaires, qui payaient d'abord leur fonction, percevaient un pourcentage régulier... ou irrégulier ; la précision « de nouvelle création » vient en outre ancrer le conte dans l'actualité immédiatement contemporaine : on créait de nouveaux offices à chaque fois que le budget royal avait besoin d'une avance de trésorerie, et notamment pour financer les guerres[1].

La fin de *La Barbe bleue* manifeste la même malice, en rabattant le merveilleux sur une situation historique dans laquelle le lecteur contemporain peut se reconnaître : ce sont ici des « charges de capitaine » que l'héroïne achète à ses deux frères, jusqu'ici simples dragon et mousquetaire ; il faut consulter les glossaires du temps, l'académicien attelé à la préparation du *Dictionnaire* manifestant un peu partout dans les contes une attention extrême au lexique[2] : le *Dictionnaire* non de l'Académie mais de Furetière enseigne la différence entre les gradés, qui achètent une gloire sans risques, et la simple chair à canon (les dragons sont des « cavaliers sans bottes, qui marchent à cheval et qui combattent à pied, allant les premiers à la charge comme des enfants perdus » ; les mousquetaires, ceux « qui portent le mousquet dans les compagnies d'infan-

1. Ce fut encore le cas lors de la guerre de la Ligue d'Augsbourg entre 1690 et 1695.

2. Les notes de J.-P. Collinet signalent régulièrement le jeu de Perrault avec le lexique en discussion dans les séances de l'Académie sur le *Dictionnaire* (paru en 1694), et dans les entreprises lexicographiques contemporaines.

terie », avaient plus de bravoure que de fortune, comme on le sait depuis Dumas ; une charge de capitaine mettait donc les deux frères à l'abri des risques du métier militaire).

Outre les hiatus inaugurés par de tels anachronismes, les contes sont régulièrement traversés par de plaisantes ruptures de ton, où se manifeste, en amont des moralités, l'ironie du conteur à l'égard d'une histoire dont il se désolidarise et qui ne suppose pas davantage l'adhésion du lecteur. Un exemple parmi d'autres, dans *La Belle au Bois dormant* (p. 136) : le conteur, prenant acte de la durée écoulée pendant le sommeil de la belle, laisse à la vraisemblance temporelle reprendre ses droits, en s'obligeant à épouser un instant le regard du prince — pour reconnaître alors l'habit de la princesse comme parfaitement démodé (« elle était habillée comme ma mère-grand et portait un collet monté », l'expression étant proverbiale selon le *Dictionnaire de l'Académie* : « C'était du temps des collets montés, pour dire du vieux temps »).

Une distance est ainsi systématiquement ménagée entre l'histoire du temps passé et sa narration toute contemporaine pour les lecteurs de 1697 : le conteur vient après d'autres pour conter différemment la même histoire. L'un des signes les plus spectaculaires de ce jeu d'écart réside dans le recours typographique à des parenthèses — on n'en connaît pas d'autre exemple dans les textes narratifs de l'âge classique, à l'exception des contes de Mlle Lhéritier. Ces parenthèses viennent marquer une ingérence manifeste du conteur : dans *La Belle au Bois dormant* encore (p. 136), voilà le conteur réduit à spéculer gaillardement sur une hypothétique ellipse de la matière « originale » quant à la longue nuit de la princesse, en signalant du même coup la nécessité d'une addition — ou d'un emprunt à *Psyché* de La Fontaine[1] : « il y a apparence (l'Histoire n'en dit pourtant rien) que la bonne fée lui avait procuré le plaisir des songes agréables ».

1. Voir la citation de *Psyché* donnée par J.-P. Collinet (p. 318) : « L'émotion l'ayant éveillée, il ne lui demeura que le souvenir d'une émotion agréable. »

Ces parenthèses sont aussi le lieu d'une pédagogie : se trouvent ainsi précisées dans *La Belle au Bois dormant* toujours (p. 133) les possibilités merveilleuses attachées aux bottes de sept lieues qu'on retrouve sans autre explication dans *Le Petit Poucet* : « (c'étaient des bottes avec lesquelles on faisait sept lieues d'une seule enjambée) ». À la faveur de ces parenthèses, le conteur dispense encore les précisions qu'il croit nécessaires au bon déroulement d'une intrigue que son statut d'histoire merveilleuse devrait pourtant dispenser de tout souci d'exactitude : ainsi, du nombre exact des fées qui président au baptême de la belle (p. 131 : « il s'en trouva sept » : le chiffre importe peu, sinon qu'il doit nécessairement être impair) ; ou plus loin (p. 134), la précision qui excepte le roi et la reine de l'endormissement du personnel du château (au réveil, la belle aura besoin de tous ses domestiques, mais la suite du conte requiert la disparition pure et simple du couple parental). Autant d'occasions pour le conteur de *commenter* le conte, en donnant du relief à tel ou tel détail insolite ou macabre, comme dans cette addition de 1697 à l'épisode de *La Barbe bleue* (p. 151) où l'héroïne découvre, dans le reflet d'une flaque de sang, « les corps de plusieurs femmes mortes et attachées le long des murs (c'était toutes les femmes que la Barbe bleue avait épousées et qu'il avait égorgées l'une après l'autre) ». Occasion aussi de souligner l'arbitraire du conte, s'agissant par exemple des noms propres dans *Le Chat botté* : la parenthèse (p. 158) vient souligner que c'est le chat, et non le conteur, qui donne à son maître le nom et le titre de *marquis de Carabas*, usurpant un privilège qui est l'apanage sans doute du pouvoir royal, mais aussi du conteur lui-même qui peut bien nommer à son gré les personnages de l'histoire... Plus rarement, ces parenthèses fonctionnent comme des didascalies utiles à une lecture orale du conte : ainsi pour le dialogue entre le loup et la mère-grand rapporté au style direct dans *Le Petit Chaperon rouge* (p. 144) : « Qui est là ? — C'est votre fille le Petit Chaperon rouge (dit le loup, en contrefaisant sa voix)... », qu'on rapprochera de l'authentique didascalie finale déjà signalée [1], note marginale sur le manuscrit, supprimée de l'édition.

Les jeux de parenthèses ne sont que le signe le plus visible du statut singulier qui

1. Voir ci-dessus, p. 73.

est celui de la narration dans le conte : le conteur est ce narrateur qui fait comme s'il rapportait une histoire dont il n'était pas l'ordonnateur et dont il n'est finalement pas responsable — comme si chaque histoire, hormis les parenthèses et quelques intrusions locales, formait un discours rapporté, comme si le texte que nous lisons était en fait non le conte mais la citation d'un conte. Tel est le principal ressort de la « narration enjouée » telle que définie par Boileau — et pratiquée par La Fontaine du premier au dernier de ses *Contes*.

Il entre bien une part de burlesque dans cette façon qu'a le conteur, à l'instar du narrateur d'un roman comique, de nouer une complicité avec le lecteur *par-delà* la fiction. Les traits qui affilient le récit à un conte « du temps passé » se trouvent plus précisément accentués selon trois modalités mises en évidence par J.-P. Sermain [1] : le conte merveilleux est archaïque, il est populaire, il est enfantin — toutes qualités qui ne sont pas celles du lecteur, lequel, contrairement aux enfants, aux gens du peuple et aux auditeurs de l'« ancien temps », ne croit pas ce qui lui est raconté. Le conte demande donc de consentir ponctuellement à une illusion dont on n'est pas dupe, de jouer à être ce lecteur qu'on n'est pas, tout comme le conteur n'est pas l'auteur de l'histoire qu'il rapporte, ni même un simple narrateur. La saveur du texte doit tout à ce double dé-

1. « La parodie dans les contes de fées (1693-1713) : une loi du genre ? », *Actes de Banff (1986)*, PFSCL-Biblio 17, vol. 33, 1987.

calage : le lecteur n'est pas l'auditeur, le conteur n'est pas l'auteur.

La position adoptée par le conteur, et celle symétrique offerte au lecteur, coïncide ainsi avec une forme singulière de parodie — une parodie qui porte non sur les énoncés, puisqu'à la différence de l'épopée dans les travestissements burlesques, le conte n'est pas un genre et les « histoires » ne constituent nullement des « textes » avant leur rédaction, mais sur la seule énonciation ; un conte nous est bien donné, avec ce qu'il faut de féerie, mais la façon dont il nous est conté, et la façon dont nous le recevons, s'inscrit en décalage par rapport à une situation « originelle » toute fictive où le conte narré oralement serait pris au pied de la lettre (c'est, on l'a dit, l'une des fonctions de la dédicace) ; le salon ou le cercle mondain s'est substitué à la chaumière, et le public du conte réunit non plus nourrice et enfants, mais conteur galant et lecteurs adultes doués d'une même malice. Lire l'histoire naguère encore seulement « orale », c'est assister à un dédoublement où le conte se désigne lui-même comme en un jeu de miroir, dédoublement qu'on doit dire, avec J.-P. Sermain, pleinement parodique même si nul « texte » n'y est vraiment transformé.

« La parodie propre au conte de fées réside dans le rapport qu'il entretient avec son antécédent oral. [...] Elle se constitue dans l'évocation d'une situation d'énonciation qui se définit par les trois caractéristiques de l'archaïsme, de la familiarité, de la puérilité. Les éléments stylistiques qui renvoient à ces trois catégories, facilement repérables, et presque toujours présents, avec discrétion, ne relèvent pas seulement du pittoresque ou de la convenance avec une matière plutôt basse, ils font apparaître les producteurs et les consommateurs (supposés) des contes de fées antérieurs ou parallèles, ils en suscitent les fantômes : paysans, nourrices, enfants. À travers des mots, des tournures, des objets, il faudrait entendre l'écho des voix qui ont diffusé le récit et ménagé la croyance, accrédité la légende. En empruntant par instants sa manière de parler et de voir à ces conteurs primitifs, ou plus exactement en en créant le simulacre, le narrateur inscrit en même temps le double du destinataire réel, destinataire hypothétique des premiers contes, ou contre-destinataire dont le public moderne se démarque. Ce double décalage du conteur à l'auteur, et de l'auditeur au lecteur introduit dans l'espace du conte le souvenir d'un univers défini par une attitude naïve et superstitieuse. Le destinataire réel du texte (non le lecteur concret, mais la position d'interprétation qui lui est fixée) est bien sûr amené à se reconnaître dans sa différence avec le destinataire fictif : dans le langage que celui-ci est censé employer mécaniquement, il sait voir un trait stylistique, dans le surnaturel, il sait reconnaître l'invention de l'imagination. Alors que la parodie est habituellement la reprise d'un discours à mi-chemin de la citation et de la transformation, elle tend, dans les contes de fées, à créer de façon totalement fictive, une figure originelle dont ils seraient la reprise critique [1] ».

1. J.-P. Sermain, art. cit., p. 544-545.

Les croyances « populaires » jouent ainsi dans les *Histoires du temps passé* le même rôle que l'héroïsme épique dans les romans comiques qui « travestissent » les grands romans d'Honoré d'Urfé ou de

Mlle de Scudéry — à cette différence près qu'en l'absence de texte antérieur doué d'autorité, la parodie dans le conte doit créer de toutes pièces ce dont elle se veut la dénonciation.

CONTES ET LÉGENDES

Il ne s'agit donc pas dans les *Contes* d'incriminer simplement une consommation populaire et enfantine de la féerie, comme le travestissement burlesque tournait en dérision une lecture fétichisante des épopées antiques ou les romans comiques les conventions du grand roman héroïque : la parodie se situe ici dans le rapport que le conte entretient avec des univers de croyance seulement *supposés*, et « c'est sur l'énoncé narratif tout entier que se joue le conflit entre deux types opposés de réception » (J.-P. Sermain).

On prendra au sein de *La Belle au Bois dormant*, dans l'épisode de l'arrivée du prince (p. 134-135), le meilleur indice de ce que la lecture est conçue comme un jeu avec des univers de croyance : le lecteur y est en effet invité à apprécier la « vérité » qui prévaut dans le conte, authentifiée par la parole du vieux paysan doué d'une solide mémoire (« il y a plus de cinquante ans que j'ai ouï dire... »), à l'aune des « opinions communes » et populaires, qui veulent que le château soit hanté par des esprits ou un ogre — mais aussi en regard de l'illusion toute romanesque du prince (« à ces mots, [il] se sentit tout de feu ; il crut sans balancer qu'il mettrait fin à une si belle aventure »). On doit regarder ce prince comme un nouveau Don Quichotte, égaré par ses lectures de roman de chevalerie... Le conte merveilleux, émancipé de la vraisemblance, vient apparemment discréditer *au même titre* l'opinion populaire et l'illusion héroïque, et avec elles deux formes de fiction : le légendaire et le romanesque héroïque.

Presque tous les contes en prose offrent de tels moments ironiques où différentes « croyances » sont délibérément mises en concurrence, le conteur laissant au lecteur le plaisir d'arbitrer entre plusieurs « vraisemblances ». Ainsi dans *Le Petit Poucet*, immédiatement en amont de l'anachronisme signalé (p. 199), le conteur vient-il souligner comme malgré lui le problème moral que constitue le vol des bottes de sept lieues, en convoquant ironiquement d'autres narrateurs doués d'une autorité seulement prétendue : « Il y a bien des gens qui ne demeurent pas d'accord de cette dernière circonstance, et qui prétendent que le Petit Poucet n'a jamais fait ce vol à l'ogre ; qu'à la vérité, il n'avait pas fait conscience de lui prendre ses bottes de sept lieues, parce qu'il ne s'en servait que pour courir après les petits enfants. Ces gens-là assurent le savoir de bonne part, et même pour avoir bu et mangé dans la maison du bûcheron[1]. »

1. On y reviendra ; voir ci-dessous, p. 140 *sq.*

Même jeu dans la clausule de *Riquet à la Houppe*, où le conteur cède la parole, en amont de la moralité sur laquelle nous aurons à revenir, à des « interprètes » bien empressés de donner à l'histoire une signification allégorique (p. 187) : « Quelques-uns assurent que ce ne furent point les charmes de la fée qui opérèrent, mais que l'amour seul fit cette métamorphose. »

Très marqué dans les contes en prose, ce jeu avec les croyances était également inscrit dans les dédicaces qui accompagnaient les contes en vers : l'envoi qui encadre *Peau d'Âne* refuse de « s'émerveiller » du plaisir pris par la raison à se laisser bercer par des « contes d'ogre et de fée » (p. 97) et feint ensuite de s'étonner qu'on puisse « garder la mémoire » d'une histoire aussi « difficile à croire » (p. 115) ; la dédicace des *Souhaits ridicules* (p. 119) ironise sur les précieuses qui dédaignent une fable aussi « folle » pour mieux vanter les mérites d'une expression « naïve » qui fait que « l'on croit voir ce qu'on entend », avant de conclure à une vérité de l'exemple (p. 123) ; la lettre d'envoi de *Griselidis* s'interroge plus techniquement (p. 93) sur les biais susceptibles de « rendre croyable » la patience de l'héroïne. La fin de la dédicace des *Histoires du temps passé* à Mademoiselle (p. 128) suppose, avec des inflexions là encore amusées, qu'il est besoin « de rendre vraisemblable ce que l'histoire a d'incroyable ».

Si la question de la « croyance » est toujours posée avec humour dans l'espace des contes, il faut ici rappeler le goût très concret de Perrault pour les légendes et superstitions populaires. Son dernier manuscrit, recueil de « pensées sur différents sujets », comporte des fragments d'une étonnante collection de « superstitions et erreurs populaires [1] ». Mais cet intérêt ethnographique, et par certains aspects théologique (la question du merveilleux n'étant pas sans rapport avec celle du surnaturel), n'est pas exactement celui que manifestent les *Histoires*, où il s'agit plutôt d'orchestrer un jeu de friction entre différents univers de croyance dont aucun, peut-être, n'est plus raisonnable qu'un autre. Perrault en ses *Contes* n'est pas le moraliste chrétien avec lequel on a voulu parfois le confondre, et à la différence des *Fables* de Faërne la publication des contes n'intéresse guère le renouveau de la réflexion pédagogique entreprise dans l'entourage de Fénelon ou de l'abbé Dangeau [2].

1. Voir Dossier, p. 190 *sq.*

2. Voir Dossier, p. 174 *sq.*

VRAISEMBLABLE ET MERVEILLEUX : FRAGMENTS D'HISTOIRE COMIQUE

Dès lors que le merveilleux est ainsi circonscrit à un univers de croyance auquel conteur et lecteur n'adhèrent que dans le temps et les limites d'un jeu librement consenti, peut-on regarder les histoires de

Perrault comme des contes merveilleux ? Au sein de la narration enjouée, la féerie est moins affaire de fiction que de diction : tout est mis en œuvre pour favoriser à l'égard du merveilleux féerique lui-même une prise de distance à la fois complice et amusée.

On remarquera d'abord que le recours au merveilleux n'est jamais que local, et son intrusion presque systématiquement rapportée à des modalités parfaitement vraisemblables. Les dons de la marraine de Cendrillon en offrent un bon exemple (p. 173) : en vertu des pouvoirs qui lui sont conférés (elle « était fée »), la citrouille devient carrosse, les souris chevaux, le plus gros rat cocher, et les six lézards laquais ; mais Perrault confère malicieusement à l'opération magique un air de vraisemblance et une manière de rationalité, dans la mesure où chaque objet transformé conserve quelque chose de son enveloppe initiale : la forme naturelle de la citrouille est analogique à celle du carrosse, les six chevaux nécessaires à l'attelage garderont des souris leur couleur « gris de souris pommelé », d'ailleurs courante chez les équidés ; des trois rats trouvés dans la ratière, on élit le cocher « à cause de sa maîtresse barbe » (les deux autres sont apparemment passés par pertes et profits) ; les six lézards font six laquais en vertu de leurs « habits chamarrés » et sans doute aussi de leur forme naturelle, la queue du lézard présentant quelque analogie avec la pointe descendante des livrées. Le geste de la marraine est bien magique (« un coup de baguette »), mais il a tout d'une opération de langage — une métaphore, qui suppose que le comparant ait avec le comparé une propriété commune au moins sur laquelle s'opère le rapprochement homologique. Il requiert en outre que la fée mette prosaïquement la main à la pâte (en creusant la citrouille, comme on le faisait déjà avant l'universalisation d'Halloween...), et ce geste n'opère pas davantage au hasard, c'est-à-dire arbitrairement : tout se passe comme si le réel *inspirait* ici la magicienne, la magie enchantant le réel comme saurait le faire une description poétique métaphorique.

On peut donner de ces phénomènes une analyse plus technique : les contes jouent ouvertement avec le protocole de la vraisemblance classique, dont *La Princesse de Clèves* est pour nous la plus parfaite réalisation ; ce n'est pas un hasard si la mode des contes relaie, sans hiatus ni transition comme on l'a signalé [1], la vogue des « nouvelles galantes » dans la lignée de Mme de Lafayette. On fera donc l'hypothèse que la « narration enjouée » selon Perrault réside dans une façon singulière de mettre en concurrence la logique du merveilleux et celle du vraisemblable classique, ou plus exactement que le plaisir du conte tient au *jeu* subtilement introduit, pour un même énoncé, entre plusieurs « motivations » ou régimes de causalité. Parce qu'il déjoue ouvertement, et

1. Voir ci-dessus, p. 58.

avec la complicité du lecteur, l'impératif de la vraisemblance, le conte pourrait bien apparaître comme le lieu où se réfléchit l'économie classique du récit[1].

La vraisemblance suppose en effet un fonctionnement « silencieux » de la narration ; pour que la fiction se laisse oublier comme telle, pour que le lecteur ne puisse pas regarder chaque tournant du récit comme une « invention » (une décision arbitraire du romancier), chaque événement doit être soigneusement *motivé* : il doit apparaître comme la conséquence logique, vraisemblable sinon nécessaire, d'une cause inscrite en amont[2]. Dans une telle économie du récit, le recours au merveilleux traduit un degré zéro de la motivation, le lieu où s'affirme le pur caprice du conteur au détriment de la crédibilité de la fiction. Perrault en tire des effets assez saisissants pour interroger en retour le code de la vraisemblance classique.

Si les énoncés qui font appel à une causalité strictement merveilleuse sont finalement rares, un exemple au moins vient dénuder le procédé : dans *La Barbe bleue*, un simple syntagme, qui vaut comme l'une de ces parenthèses précédemment signalées, nous donne la clé du petit cabinet mortuaire comme enchantée, expliquant ainsi l'impossibilité pour l'héroïne d'effacer une tache compromettante : « elle eut beau la laver, et même la frotter avec du sablon et du grès, il y demeura toujours du sang, *car la clé était fée*[3], et il n'y avait pas moyen de la nettoyer tout à

1. Voir M. Escola, « La "narration enjouée" : vraisemblable et merveilleux dans les contes en prose de Perrault », 2004.

2. On se réfère ici à l'analyse de G. Genette, « Vraisemblance et motivation », *Figures II*, Le Seuil, 1969.

3. J.-P. Collinet rappelle (p. 328) cette définition de l'emploi attributif par Furetière (qui se souvient des « vieux romans ») : « Chose enchantée par quelque puissance supérieure. Des armes fées : qui ne pouvaient être percées. »

fait » (p. 151). Le statut merveilleux conféré à l'objet est un pur donné narratif qu'il n'est pas nécessaire de motiver autrement ; l'arbitraire du récit est exhibé comme tel en assurant au code narratif une visibilité paradoxale en regard de la parfaite transparence des narrations classiques : cette clé est fée, parce que c'est comme ça, parce que la suite du conte en a besoin et, au fond, parce que vous lisez un conte de fées. Tout le plaisir consiste ici à confronter causalité merveilleuse et causalité vraisemblable : le caractère merveilleux de la clé est précisément ce qui résiste aux efforts tout prosaïques de l'héroïne, laquelle recourt aux expédients les plus vraisemblables ou « réalistes » (on usait bien du sablon et grès pour « écurer » vaisselle et ustensiles, comme le rappellent les dictionnaires du temps [1]). Et l'ensemble du conte de *La Barbe bleue* doit une bonne part de son efficacité au fait que l'héroïne semble ainsi entrée par effraction dans un univers qui est soumis à d'autres lois que celui dans lequel elle évoluait jusque-là en toute vraisemblance. Nonobstant l'ironie d'un tel procédé, Perrault nous mène ici au seuil d'un conte authentiquement fantastique (on y reviendra).

Le merveilleux vient ainsi s'inscrire au lieu même de la vraisemblance pour la concurrencer, et le cas échéant, en dénoncer le principe [2]. Tel est le cas dans deux énoncés successifs du *Petit Poucet* (p. 198-199), où l'on ne s'étonnera pas de

1. Cités par J.-P. Collinet, p. 327-328.

2. Dans l'ensemble des énoncés ici relevés, le point d'articulation entre les deux logiques tient toujours dans un marqueur logique (adverbe ou conjonction, nos italiques) : signe que Perrault fait porter l'ironie sur les procédés classiques de « motivation » des événements narratifs.

retrouver un jeu de parenthèses et le recours au syntagme déjà identifié :

« L'ogre, qui se trouvait fort las du long chemin qu'il avait fait inutilement (*car les bottes de sept lieues fatiguent fort leur homme*), voulut se reposer, et par hasard il alla s'asseoir sur la roche où les petits garçons s'étaient cachés. »

« Les bottes étaient fort grandes et fort larges ; *mais comme elles étaient Fées*, elles avaient le don de s'agrandir et de s'apetisser selon la jambe de celui qui les chaussait, de sorte qu'elles se trouvèrent aussi justes à ses pieds et à ses jambes que si elles avaient été faites pour lui. »

Le premier énoncé prend tout son sens si l'on repère que le recours au simple « hasard » est toujours perçu comme une faiblesse dans l'économie classique du discours : il affiche trop nettement l'arbitraire du récit et partant son statut fictif ; la parenthèse vient compenser ironiquement ce déficit en *feignant* de motiver l'événement arbitraire *comme on le ferait en régime vraisemblable* ; le procédé fait toute la saveur du passage : tout se passe comme si les lois de l'univers physique venaient à « rattraper » le personnage doté de l'attribut merveilleux au moment même où celui-ci était sur le point d'attraper ses victimes — comme si le conteur avait ici le pouvoir de sauver ses petites victimes, à la façon d'un magicien justement. La parenthèse s'offre donc comme le lieu où la vraisemblance reprend ironiquement ses droits — la magie peut bien réduire les distances, mais elle n'annule pas la fatigue (conséquence vraisemblable d'un élément irréductiblement merveilleux) qui se trouve être exactement proportionnelle aux pouvoirs de l'objet...

Le deuxième énoncé délivre la forme symétrique du procédé : un surcroît de merveilleux vient ici sauver la « vraisemblance » de l'épisode suivant, pour un lecteur auquel le conteur *feint* de prêter un sursaut de rationalité — un lecteur rodé aux exigences du récit classique, qui se demanderait logiquement comment le Petit Poucet peut bien user de bottes taillées à la pointure d'un ogre. Pourquoi en effet ces bottes, une fois admis qu'elles sont « fées », n'auraient-elles pas aussi le pouvoir de s'adapter aux pieds de qui les chausse ? Ironie au deuxième degré : cette particularité distingue radicalement ces bottes de sept lieues de la pantoufle de Cendrillon, qui n'admet comme on sait qu'un pied et un seul...

Mais qu'en est-il alors des bottes du « Maître Chat » ? L'attribut est moins merveilleux que pittoresque : à la différence du sac réclamé en même temps par l'animal (p. 157), il reste sans fonction apparente — simple élégance de l'animal ? Si l'on doit certes imaginer les pattes postérieures du quadrupède constamment bottées, on ne « voit » véritablement cet attribut qu'une fois, dans l'épisode des métamorphoses de l'ogre (p. 160) : « Le chat fut si effrayé de voir un lion devant lui, qu'il gagna aussitôt les gouttières, non sans peine et sans péril, *à cause de ses bottes qui ne valaient rien pour marcher sur les tuiles.* » Le conteur semble ici prendre un malin plaisir à « rappeler » les lois de l'univers vraisemblable en rompant avec l'anthropomorphisme qui prévalait jusqu'ici pour ramener le chat à sa condition animale. Comment interpréter la chose sinon comme le signe que le conteur cherche à reprendre un moment l'avantage sur cet autre affabulateur qu'est le chat : ces bottes, après tout, étaient une « invention » du chat ; qu'il paye donc le prix de sa coquetterie... À la lumière de ce bref moment, tout le conte du *Chat botté* est à lire comme une compétition engagée entre le conteur et « son » personnage, lequel est à sa façon un puissant affabulateur, puisque ses ruses tendent toutes à *accréditer* la « fiction » invraisemblable du « marquis de Carabas ».

Il faut donc se rendre attentif à ces moments où logique merveilleuse et causalité vraisemblable sont délibérément mises en concurrence. À l'occasion, elles peuvent jouer l'une à côté de l'autre en cumulant leurs effets respectifs, comme dans *La Belle au Bois dormant*, où les deux régimes nous sont donnés à éprouver l'un par l'autre : « Elle n'eut pas plutôt pris le fuseau que, comme elle était fort vive et un peu étourdie, *et que d'ailleurs* l'arrêt des fées l'ordonnait ainsi, elle s'en perça la main et tomba évanouie » (p. 133). L'épisode suivant du même conte offre la succession des deux régimes dans l'ordre inverse, le pouvoir du sortilège s'avérant ici seul nécessaire, au détriment de l'autorité politique « vraisemblable » (p. 134) : « Le roi et la reine, après avoir baisé leur chère enfant sans qu'elle s'éveillât, sortirent du château, et firent publier des défenses à qui que ce soit d'en approcher. Ces défenses *n'étaient pas nécessaires, car* il crût dans un quart d'heure tout autour du parc une si grande quantité de grands arbres et de petits, de ronces et d'épines entrelacées [...] que bête ni homme n'y aurait pu passer. »

Tout l'humour de Perrault se laisse isoler dans de tels énoncés où le conteur, à la façon ici encore du narrateur d'un roman comique, manifeste un détournement parodique des lois de la vraisemblance classique. Soit, dans *La Belle au Bois dormant* encore, l'épisode déjà cité qui fait suite au réveil de la princesse (p. 136) : « [L] es discours [du prince] furent mal rangés ; ils en plurent davantage ; *peu d'éloquence, beaucoup d'amour.* Il était plus embarrassé qu'elle, et l'on ne doit pas s'en étonner ; elle avait eu le temps de songer à ce qu'elle aurait à lui dire, car il y a apparence (l'Histoire n'en dit pourtant rien) que la bonne Fée, pendant un si long sommeil, lui avait procuré le plaisir des songes agréables. »

Dans sa généralité, la maxime (nos italiques toujours) vient accorder à la scène une forme de vraisemblance : le comportement du prince peut passer pour une application de cette loi générale, reçue comme vraie (*doxa*), qui veut que l'amour le plus pur s'accommode mal des contraintes de la rhétorique. Mais comment expliquera-t-on que le prince soit « plus embarrassé » que la belle ? On attendrait un topos galant, une nouvelle maxime (dût-elle rester implicite), sur la timidité traditionnellement prêtée aux héros masculins (vraisemblance « éthique », par le « caractère » ou *ethos*). C'est bien cette attente qui est ici déjouée par le retour du ressort merveilleux, avec d'autant plus de malice que ce rappel se donne, on l'a dit, comme pure spéculation à la faveur d'une parenthèse.

Si le conflit entre deux types d'interprétation d'un même événement, et plus techniquement entre deux motivations ou causalités, est régulièrement mis au service de la dimension parodique ou ironique du récit, un conte au moins fait de la concurrence entre différents univers de croyance son thème propre : *La Barbe bleue*, dont la tonalité tranche avec les autres *Histoires* en prose. On a vu plus haut l'effet produit dans *La Barbe bleue* par ce simple énoncé « car la fée était fée » : il faut s'attacher plus précisément aux différentes mentions de la couleur de cette fameuse barbe. Au début du conte (p. 149), la couleur vaut comme pure dénotation : l'homme a toutes les richesses, mais « par malheur, [il] avait la barbe bleue ». Le caractère insolite du détail nous laisse d'abord hésiter entre explication merveilleuse et explication plus rationnelle (il pourrait s'agir d'une façon de parler, pour dire de simples reflets bleutés), mais on se range très vite à une interprétation allégorique : la couleur vaut apparemment comme une tare généalogique, et donc comme symbole du manque de naissance. Un énoncé où la couleur se trouve littéralement *dégradée* encourage ensuite une telle lecture : après « huit jours entiers » de fêtes galantes, « la cadette commença à trouver que le maître du logis *n'avait plus la barbe si bleue*, et que c'était un fort honnête homme ». Mais entre ces deux énoncés, dans le temps de l'hésitation des jeunes filles, prend place un curieux moment : « elles n'en voulaient point toutes deux, et se le renvoyaient l'une à l'autre, ne pouvant se résoudre à prendre un homme qui eût la barbe bleue. Ce qui les dégoûtait *encore*, c'est qu'il avait déjà épousé plusieurs femmes, et qu'on ne savait ce que ces femmes étaient devenues ». Le *encore* amorce un surprenant jeu de relais : le mobile rationnel s'ajoute au signe que constitue la couleur, passible d'une interprétation allégorique, mais sans se combiner avec lui. C'est cette étrangeté qui fait retour dans la suite avec la mention de la clé : à la différence de la couleur de la barbe, le sang sur la clé ne se laisse pas dégrader ; le surnaturel résiste au lavage comme le merveilleux à une interprétation seulement allégorique. Dans l'hésitation longtemps maintenue sur la valeur du signe, le conte s'est trouvé tout près de basculer dans l'horreur, et de verser dans un autre genre — celui qui, moins d'un siècle plus tard, devait s'appeler le *fantastique*.

On se gardera toutefois de conclure que Perrault a eu ici le pressentiment d'un autre régime : l'effet produit résulterait plutôt d'un trouble dans le fonctionnement du modèle *allégorique* auquel les moralités affilient chacun des contes. On s'attardera maintenant sur ces moralités qui forment un autre ressort de la narration enjouée.

VI MORALE ET MORALITÉS : ALLÉGORIES GALANTES

S'ils ne sont pas continûment merveilleux, s'ils s'écrivent et se lisent comme textes parodiques, les contes de Perrault sont-ils bien des histoires morales allégoriques, comme le voudrait le titre du recueil de 1697 et l'insistance sur les « moralités » ? L'épître dédicatoire des *Histoires du temps passé* comme la préface de 1695 pour les contes en vers, et la facture même de chaque conte invitent ouvertement à un décodage allégorique. Est-il toutefois si évident que les différents personnages se comportent selon la droite morale, et l'issue des situations est-elle bien conforme à une éthique élémentaire ?

MAUVAISES RÉCOMPENSES

On se réfèrera ici à l'expérience rapportée par Jules Lemaître [1], scène de lecture sans nul doute fictive et qui n'est pas sans rappeler le commentaire par Rousseau des *Fables* de La Fontaine. Une fillette de dix ans, prénommée Liette, qui vient d'achever la lecture des *Contes* offerts par son parrain, fait état de son plaisir et de quelques scrupules : le recueil propose certes des « histoires où ceux qui ont été méchants sont punis et où ceux qui ont été sages sont récompensés » (la chose vaut apparemment pour *Cendrillon*), mais s'accommode aussi de quelques injustices criantes ; ainsi du *Petit Chaperon rouge* : « voilà une fille qui est mangée par le loup ; pourquoi ? parce qu'elle a été polie avec lui et parce qu'ensuite elle s'est amusée à cueillir des noisettes ! Et la mère-grand, qui est aussi mangée par le loup, qu'est-ce qu'elle a fait de mal, elle, la mère-grand ? » ; ou du *Petit Poucet*, où la femme de l'ogre est bien mal récompensée de sa bonté : « Le lendemain, elle trouve ses sept filles égorgées et nageant dans leur sang. Est-ce que cela est juste ? Je sais bien que les petites ogresses n'étaient pas jolies et qu'elles promettaient d'être méchantes. Mais enfin, elle les aimait comme cela,

1. *En marge des vieux livres*, Boivin & Cie, 1907, p. 133 *sq.*

puisqu'elle était leur mère » — Liette mettant ici légitimement, c'est-à-dire aussi moralement, à profit l'une des leçons des *Fées* (« on aime naturellement son semblable », si disgracieux soit-il) et mieux encore de *La Belle au Bois dormant* (le prince devenu roi « ne laissa pas d'être fâché [de la mort de l'ogresse] : elle était sa mère »). Si certains contes punissent de parfaits innocents, d'autres portent la vengeance au-delà de toute justice : « Bien sûr que Fanchon [dans *Les Fées*] est sotte et orgueilleuse ; mais est-ce que ce n'est pas une assez grande punition pour elle de voir sa cadette jeter à chaque parole des perles et des diamants et épouser le fils du roi ? » ; d'autres encore, comme *Le Chat botté*, font fi de toute morale : « On défend aux enfants de mentir, on les fouette quand ils ont menti, et ton fameux Chat botté ne fait que mentir du matin au soir [...]. Et ce grand benêt de marquis de Carabas, qui devient si riche sans avoir fait œuvre de ses dix doigts, est-ce que c'est juste ? » Bilan moral de cette lecture : « vois-tu, parrain, c'est très joli, tes *Contes de Perrault*, mais ça donne aux enfants des idées fausses ». Pour (re)mettre la fiction et la morale en bonne intelligence, il faudra à Liette une série d'exercices de récritures — où l'intervention providentielle de la Vierge vient « sauver » certains personnages et avec eux la moralité des contes de Perrault...

Ne sourions pas trop vite de l'ingénuité de l'enfant : si son mode de lecture n'est à l'évidence pas le bon, il est plus difficile de dire en quoi ce protocole est fautif. Car Liette a bien perçu la nécessité d'une lecture allégorique ; elle sait que ces Histoires « parlent » du Bien et du Mal sous couvert d'un développement narratif, et que les situations mises en œuvre renvoient à des questions proprement morales. Peut-être valorise-t-elle cependant à l'excès l'issue du conte, au détriment des situations et des événements locaux : s'il s'agit de lire *Le Petit Chaperon rouge* comme un conte d'avertissement, l'imprudence initiale fait davantage sens que le dénouement (encore la « faute » incombe-t-elle davantage aux deux « mères » de l'enfant, qui ont omis de lui parler du loup...). Liette étend par ailleurs l'interrogation morale à l'ensemble du personnel du conte, sans hiérarchie aucune, sans donc pouvoir admettre que tel personnage secondaire soit « sacrifié » à la bonne marche de l'histoire. Elle réactive par ailleurs des motifs attachés aux personnages secondaires qui sont inégalement pertinents en regard de la logique du récit (dans le cas de l'ogresse, le thème de la maternité doit être en quelque façon négligé au bénéfice du triomphe du héros). Enfin, Liette est manifestement fermée à l'idée que les scènes violentes puissent être *seulement* allégoriques : l'injustice pour elle n'est sensible que d'être « vraie ». L'enfant ne peut en outre mettre à profit les « moralités » proposées par Perrault, vraisemblablement expurgées de l'édition offerte par son parrain.

LONGUEURS DE L'ALLÉGORIE

En souriant de Liette, nous commettons en réalité un délit d'initié : nous savons bien, comme lecteurs adultes, que les contes résistent *à la fois* à un décodage allégorique systématique et à une lecture continûment « réaliste » ; que ces contes, qui ne relèvent pas du régime vraisemblable classique, ne sont pas pour autant des textes édifiants (de simples paraboles) ; que chaque conte se tient dans un entre-deux qui fait toute sa saveur ; et que si « moralité » il y a, elle ne peut venir que d'un travail interprétatif en grande partie « joué » (aussi bien le narrateur feint-il seulement d'être un moraliste après avoir conté sans conter vraiment).

Qu'en est-il justement des « moralités » explicitement offertes par les contes en prose, plus discrètement par les contes en vers (à l'exception de la « nouvelle » de *Griselidis*), et de l'interprétation qu'elles induisent ?

On se référera à un autre lecteur, presque exactement contemporain de la parution des *Contes* : le P. de Villiers, dans des *Entretiens sur les contes de fées* datés de 1699, dont on a déjà dit qu'ils supputaient une supercherie dans l'attribution du recueil de 1697 au fils de l'académicien[1]. Le

1. Voir ci-dessus, p. 64, et le large extrait du texte proposé dans le Dossier, p. 196 *sq.*

débat, qui permet de mesurer le résultat de la stratégie de Perrault depuis la préface des contes en vers, roule sur la pertinence d'une lecture allégorique du conte à l'instar des *Fables* d'Ésope ; les contes « n'ont été inventés », sur le modèle des fables, « que pour développer et rendre sensible quelque moralité importante » ; le recours au merveilleux féerique n'est pas plus absurde que de douer les animaux de paroles : dans les deux cas, l'invraisemblance constitutive du récit vient signaler que l'histoire appelle un décodage allégorique. L'un des interlocuteurs fait encore valoir qu'« il n'y a aucun de ces contes qui ne finisse par quelque maxime ou quelque sentence, qu'on a même si je ne me trompe, exprimée en vers » (l'allusion au recueil de 1697 est ici transparente). La *valeur* du conte se trouve ainsi tout entière attachée au possible « rapport entre les maximes et les contes qui y aboutissent » : « J'ai trouvé ces contes si longs et remplis de tant d'aventures, qui avaient entre elles si peu de rapport, que je n'ai pas examiné si elles avaient toutes avec la moralité qu'on en a tirée. »

Curieuse formulation : comment peut-on trouver longs les contes en prose de Perrault, singulièrement brefs en regard des contes postérieurs ? Le plus long, *La Belle au Bois dormant*, s'étale sur une dizaine de pages, pour couvrir cent quinze années, ce qui est aller assez vite en besogne... Le personnage mis en scène par l'abbé de Villiers vise bien sûr autre chose : la richesse du détail narratif et le nombre de scènes, mais aussi le fait que le conte puisse enchaîner plusieurs épisodes — *que chaque histoire est peut-être faite de plusieurs histoires*. L'exemple le plus significatif tient sans doute dans le conte précédemment cité : ce que note donc ce lecteur contemporain dans *La Belle au Bois dormant*, c'est un changement de climat, qui voit les deux héros passer de l'euphorie de la nuit de noces à un épisode plus sombre, où la mère du prince charmant s'avère être contre toute attente une ogresse... Quels rapports les deux parties et les deux « aventures » entretiennent-elles au fond ? La moralité proposée (p. 140) ne nous éclaire guère, qui passe résolument sous silence le second épisode — en faisant comme si le conte s'arrêtait au tomber du rideau sur le lit conjugal (p. 136). Que dit au juste cette moralité, et pourquoi faut-il qu'elle soit elle-même double ? La première est une « application » assez libre aux mœurs contemporaines (« On ne trouve plus de femelle, / Qui dormît si tranquillement »), en mettant donc en relief et la valeur métaphorique du sommeil et la dimension archaïque d'une « histoire du temps passé » ; la seconde vient en supplément (« la fable semble encore vouloir nous faire entendre... ») pour délivrer une assez plate maxime (« on ne perd rien pour attendre ») dont le conteur confesse aussitôt la parfaite inutilité (« je n'ai pas la force ni le cœur de prêcher [au beau sexe] cette morale »). Il est assez troublant que le conte, dans ses prétentions édificatrices, nous soit ainsi donné par deux fois comme un genre dépassé...

L'un des protagonistes de l'*Entretien sur les contes de fées* en appelle logiquement à une unité d'action, « comme dans les pièces de théâtre, c'est-à-dire qu'il n'y eût rien qui ne tendît à la fin qu'on se propose » — son interlocuteur ayant alors beau jeu de lui répondre qu'un conte aussi étroitement univoque ne se distinguerait en rien d'une prédication (« vous voudriez qu'un conte fût un sermon »). La conclusion est en demi-teintes : les deux compères finissent par s'avouer qu'on pourrait imaginer des contes qui n'aient pas de dimension allégorique (« pourquoi donc ne pourrait-on pas faire des contes qui fussent jolis, quoiqu'ils ne signifient rien ? »). Sur quel modèle alors ? La réponse indique assez que le tour parodique des narrations de Perrault a été tôt perçu : sur l'exemple de *Don Quichotte* ou du *Roman comique*... Toute l'habileté tiendrait en l'occurrence à la manière de conter, à « l'air naïf et spirituel », « à la simplicité et au naturel de la narration » (où l'on retrouve la leçon de Boileau) : l'auteur des *Histoires ou contes du temps passé* mérite des éloges seulement pour la façon dont il a su « imiter le style des nourrices » en reproduisant quelque chose de la « simplicité de leur ignorance » — à peu près comme Cervantes avait su reproduire ironiquement l'héroïsme des romans de chevalerie ?

On retiendra du jugement des deux compères que le plaisir du conte est en définitive celui que procure la seule narration, irréductible à une maxime morale, ou plus exactement le bonheur de sa *diction* ; que, si l'épître de 1697 comme la préface de 1695 postulent le modèle de la fable, le sens allégorique pourrait bien rester régulièrement incomplet, et les moralités n'avoir de valeur que déceptive ou ironique ; et mieux encore : que le rapport vertical entre l'histoire et la moralité se complique des relations horizontales que les différents épisodes entretiennent entre eux (on s'essaiera plus loin à suivre cette dernière suggestion).

JEUX DE LECTURE

Les moralités n'induisent donc en rien une lecture moralisante, mais un jeu distancé — un jeu de la lecture lettrée avec elle-même et non pas directement de la morale avec la fiction. En témoignent pour les contes en prose les additions qui, entre le manuscrit de 1695 et l'édition *princeps* de 1697, viennent presque systématiquement dédoubler les moralités originales en introduisant à l'occasion le pronom de la première personne[1]. Ce dédoublement enseigne d'emblée qu'aucun

1. On doit sur ce point compléter les notes de J.-P. Collinet (le relevé exhaustif des variantes est fourni par l'édition de M. Soriano). Rappelons qu'on ne dispose pas de variantes pour les trois contes ajoutés lors de l'impression : *Riquet, Cendrillon* et *Le Petit Poucet.*

conte n'est vraiment passible d'une traduction allégorique univoque.

Il en va du *Petit Chaperon rouge* comme de *La Belle au Bois dormant* : pour les deux premiers contes du recueil de 1697, la moralité connaît une addition lors de l'impression et donc une « seconde moralité » qui n'est cependant pas marquée comme telle, à la différence de tous les autres contes en prose (sauf *Le Petit Poucet)* ; dans le manuscrit de 1695, la moralité du *Petit Chaperon rouge* s'arrêtait comme celle de *La Belle au Bois dormant*[1] au sixième vers ; elle portait qu'aux « jeunes enfants » surtout aux « jeunes filles », il « prend mal d'écouter toutes sortes de gens » (« ce n'est pas chose étrange, s'il en est tant que le loup mange ») ; une addition vient en 1697 introduire un distinguo : « *Je dis* le loup, car tous les loups / Ne sont pas de la même sorte », pour préciser que de « tous les loups » les plus dangereux sont « les plus doucereux » qui suivent les demoiselles sans bruit et sans violence. L'addition met à profit ce détail du récit qui voulait que le loup, se faisant passer pour la mère-grand, adoucisse sa voix, mais elle traduit surtout, comme pour *La Belle au Bois dormant*, un infléchissement de la moralité première : non plus mise en garde générale qu'on pourrait encore prendre au sérieux, mais leçon malicieuse à destination des habituées des ruelles qui se plaisaient à la conversation masculine. C'est circonscrire assez nettement dans cette

1. Pour la moralité de ce conte, le manuscrit de 1695 et le texte du *Mercure galant* de 1696 donnent la même leçon.

marge ludique du texte les destinataires supposées de la narration. La malice au demeurant est faussement désintéressée : le conte des *Fées* nous enseignera les vertus rhétoriques de la « douceur ». Et que peuvent bien conter ces loups introduits dans les ruelles sinon de brèves histoires de loups ? On ne doit donc pas exclure que la voix du conteur soit elle-même « doucereuse »...

Même procédé dans *La Barbe bleue* (p. 154) : la première moralité donnait la curiosité comme un vilain défaut, « plaisir léger » qui cesse d'être « dès qu'on le prend » et qui coûte toujours trop cher, en négligeant les profits bien « réels » tirés de l'aventure par l'héroïne ; s'ajoute en 1697 une « autre moralité » qui vient dire l'inactualité du conte — « il n'est plus d'époux si terrible », tous les maris aujourd'hui filent doux, « et de quelque couleur que sa barbe puisse être, on a peine à juger qui des deux est le maître ». Ici encore, l'addition offre un supplément sarcastique, adressé à l'évidence aux lectrices plutôt qu'aux lecteurs, en affichant finalement l'inutilité de la morale — à l'instar de la moralité de *Griselidis* (« Épître à Mademoiselle*** », p. 57) qui concluait déjà à la vanité de ces « antiques leçons ».

Dans *Le Chat botté*, le jeu est plus perturbant : la moralité première oubliait curieusement le chat (avec lequel décidément le narrateur a, si l'on ose dire, un conte à régler...), en vantant la supériorité de « l'industrie et le savoir-faire » sur tous les biens acquis en héritage ; ce premier sens se trouve invalidé par l'« autre moralité » de 1697, qui jette un doute sur l'habileté du fils de famille, comme d'ailleurs de son chat — « l'habit, la mine et la jeunesse » suffisant à gagner le cœur d'une princesse. Résumons, en juxtaposant les deux lectures allégoriques : un talent vaut peut-être mieux qu'un héritage, mais tout se joue finalement sur la seule mine, la vérité de l'amour n'étant pas celle de la morale...

Le jeu est moins ironique dans *Les Fées*, où les deux moralités (p. 167) se laissent combiner sans tension apparente : une première moralité pour faire l'éloge de la douceur éloquente ; une seconde plus tardive pour louer la seule « honnêteté ». Cette complémentarité vient dire que le triomphe moral de la vraie éloquence se confond avec un idéal mondain qui est aussi un idéal social.

Pour *Cendrillon*, qui ne figurait pas dans le manuscrit de 1695, on ne dispose d'aucune variante, mais le texte de 1697 offre bien deux moralités : la première est imputée à la marraine (« C'est ce qu'à Cendrillon fit savoir sa marraine »), qui enseigne le prix de la bonne grâce, supérieur à celui de la beauté et « vrai don des fées » ; mais la leçon n'est en rien assumée en son nom propre par le conteur (« Car ainsi sur ce conte *on* va moralisant ») ; l'« autre moralité » est moins naïve et désenchante le conte : le plus sûr pour « s'avancer », c'est d'avoir marraine ou parrain. La vraie morale enseigne peut-être à se méfier de la morale... Toujours est-il que si la fée et le conteur « moralisent » également « sur » le conte, ils ne parlent pas le même langage : ont-ils seulement affaire à la même histoire ?

Le cas de *Riquet*, on l'a laissé pressentir, est plus complexe : à bien la lire, l'addition de 1697, loin de répéter la leçon généreuse de 1695 (« tout est beau dans ce qu'on aime, tout ce qu'on aime a de l'esprit »)[1], révèle qu'elle n'était qu'un trompe-l'œil : le conte a montré, au rebours de la maxime galante, que l'esprit reçu par la princesse du disgracieux Riquet ne suffit précisément pas à lui faire trouver des beautés à son bienfaiteur. Le délai d'un an consenti à la princesse avait le sens d'un pari, et Riquet l'a bel et bien perdu : la belle ne consent au mariage que lorsque Riquet se résout à lui apprendre ce qu'il avait tu lors de leur première rencontre, la seconde prédiction de la fée et le don reçu en partage par la jeune fille (si elle l'aime, « il aura toutes les qualités ») ; en fait « d'agrément invisible », c'est le seul intérêt bien compris qui pousse la demoiselle à épouser Riquet : la fin du conte, à laquelle d'aucuns voudraient donner une signification allégorique galante, a tout d'une négociation bourgeoise...

Dernier conte du recueil, *Le Petit Poucet*, pour lequel on ne dispose pas de variantes, est seul à être épargné par ce jeu de dédoublement : sa moralité unique[2], qui souligne seulement que du canard

1. Anticipée comme on l'a dit par des interprètes mentionnés au sein même du récit (« Quelques-uns assurent que ce ne furent point les charmes de la fée qui opérèrent, mais que l'amour fit seul cette métamorphose »).

2. Doit-on en conclure que ce conte, auquel Perrault songeait dès 1692 (on a vu que le t. III du *Parallèle* en donnait le synopsis), a été tardivement retenu pour être versé dans le recueil ?

boiteux vient parfois le bonheur de toute la tribu, observe un curieux silence sur le drame de la pauvreté — les bûcherons du conte ne sont visiblement pas de ce monde où l'on se réjouit d'avoir beaucoup d'enfants ; le petit dernier est certes leur « souffre-douleur », mais les parents promettent leurs autres enfants à la mort en même temps que lui pour des mobiles qui ne doivent rien aux préférences irraisonnées.

Si les contes en prose présentent bien, malgré leur hétérogénéité, un air de famille, ils le doivent pour beaucoup aux inflexions à la fois ironiques et galantes de leurs moralités respectives qu'on doit en effet lire ensemble. Prolongeant les dédicaces des contes en vers, ces moralités font de la part féminine du public mondain le destinataire privilégié (et complice) des *Histoires*. Le « féminin » apparaît ici encore comme instance de légitimation du « littéraire », à l'exclusion des doctes esprits et des savants qui voudraient que l'autorité ne s'obtienne jamais que de l'amont vers l'aval et par délégation des seuls auteurs antiques.

Ces mêmes moralités viennent encourager et en même temps décevoir une lecture allégorique, comme le savait déjà l'abbé de Villiers : leur présence favorise un débat galant, à l'instar des fables du *Labyrinthe*, où l'on peut bien rivaliser de subtilité sur l'interprétation de la *fabula* ; mais la première moralité est toujours assez pauvre pour être dénoncée par une seconde, en même temps que « l'actualité » du conte et les prétentions didactiques du genre elles-mêmes. Si ces contes sont des « histoires du temps passé », c'est que les mœurs contemporaines rendent caduque la morale ancestrale, sans que la chose appelle une « restauration » ; en dépit des affirmations de la Préface de 1695, ces contes n'ont donc rien de bien chrétien, et l'on peut préférer l'avis d'une lectrice « autorisée » — Mlle Lhéritier qui voyait dans *Peau d'Âne* une « satire sans fiel et sans malignité » qui divertit seulement « sans que mère, époux et confesseur y puissent trouver à redire ». Avec un peu d'ironie, une bonne dose de provocation qui ne saurait passer pour vraie misogynie, et, à l'occasion, avec une touche d'un cynisme lui-même feint, le conteur sait assez bien son affaire pour avoir le dernier mot.

VII DES CONTES À RÉGLER : CINQ MÉCOMPTES DE CHARLES PERRAULT

Les contes nous demandent ainsi d'être plusieurs lecteurs en même temps, de « jouer » notre lecture en gardant la distance qu'un acteur entretient avec son rôle. Rapportant le conte sur le mode d'une citation, le conteur donne finalement deux textes à la fois : au lecteur de reconnaître le *jeu* qu'il y a entre ces deux textes, que redouble celui qu'instruit entre récit et moralité une voix ironique, mais aussi, si l'on accepte la suggestion de l'abbé de Villiers, celui instauré entre les différents épisodes du conte.

Ne cherchons pas ailleurs les raisons de l'exceptionnelle longévité de ces contes, de leur plasticité aussi qui les prête depuis trois siècles à toutes les récritures et à de constantes réinterprétations ; ce jeu constant de dédoublements — du conteur par rapport à d'autres narrateurs, de la narration sur d'autres versions de la même histoire, de l'écrit en regard de l'oral et donc du lecteur à l'égard de l'auditeur « originel », du sens allégorique envers la signification obvie, du merveilleux au miroir du vraisemblable, du « temps passé » au rebours du présent — favorise à chaque page ou presque le surgissement de *possibles* narratifs dont un interprète avisé ou un auteur inspiré sauront faire un égal profit, et dans tous les cas un nouveau conte.

Dire qu'il y a du *jeu* entre les deux « textes » qui nous sont donnés à lire concurremment en vertu d'une « narration enjouée », ainsi qu'entre les différentes séquences de l'histoire, c'est dire aussi qu'on peut jouer avec ses composantes comme avec les différentes pièces d'un mécanisme ; il est toujours possible de refaire le conte autrement, ou pour le dire d'un mot lui-même classique : de l'af-

1. Comme l'enseignent les dictionnaires du temps, affabuler une histoire, c'est agencer ensemble les différentes séquences d'une intrigue.

fabuler à nouveaux frais [1]. On s'essaiera pour finir — mais il y faudrait tout un livre — à cette forme de commentaire tenté par la récriture à laquelle nous invite tant le « doublage » de l'histoire par les intrusions du narrateur que les doubles moralités, et ce que l'on peut deviner de l'amicale compétition de Perrault avec Mlle Lhéritier ou C. Bernard (ou avec La Fontaine) sur les mêmes *fabulae*.

LE CORPS DU ROI

Revenons au *Chat botté*, et au souriant conflit qu'on y a deviné entre le chat fabulateur (*gatus in fabula*) et le conteur soucieux de ses prérogatives (mais aussi, on l'a suggéré, entre l'auteur des *Contes* et celui des *Fables*), pour y observer à l'issue de la narration (p. 161) un curieux mécompte de Charles Perrault : « Le marquis donna la main à la jeune princesse, et suivant le roi qui montait le premier, ils entrèrent dans une grande salle où ils trouvèrent une magnifique collation *que l'ogre avait fait préparer pour ses amis* qui le devaient venir voir ce jour-là, *mais qui n'avaient pas osé entrer,* sachant que le roi y était. »

Revanche du conteur sur l'animal : le chat n'ayant pas su anticiper cette entrée du roi, et la nécessité d'une « collation » de bienvenue, le conteur vole en quelque sorte à son secours pour pallier cette imprévoyance. Mais à vouloir faire ainsi triompher l'absolu pouvoir du narrateur, le conteur est pris au piège des échanges jusque-là savamment ménagés entre causalité merveilleuse et logique vraisemblable. La séquence requiert en effet d'arbitrer entre plusieurs nécessités : pour accréditer la fiction dont le chat est l'auteur, il faut donc que le pseudo-marquis puisse faire les honneurs du lieu, et que le « réel » vienne une dernière fois « authentifier » la parole du chat selon la stratégie constante de l'animal et le non moins constant procédé du conte ; nulle fée ici pour mettre la main à la pâte, et comme rien n'a été prévu en amont de la scène, il reste au conteur à suppléer une explication, en faisant état d'une heureuse coïncidence — la table était *déjà* dressée pour des amis. Amis dont il faut aussitôt se débarrasser pour garantir la quiétude des agapes, mais qui s'avèrent cependant gênants en leur absence même : de quelle nature était donc le festin destiné à ces « amis » d'un ogre ? La peur qui fut un peu plus tôt celle des moissonneurs du domaine au seul énoncé de la formule hasardée par le chat (« vous serez tous haché menu comme chair à pâté ») nous enseigne qu'en ces contrées au moins les pâtés ne sont pas toujours de lapin. Et si l'imagination venait sur ce point à nous manquer, on se réfèrera dans *Le Petit Poucet* (p. 196) au menu établi par l'ogre « pour traiter trois ogres de ses amis qui doivent [le] venir voir ces jours ici » et qu'il entend « régaler »...

On voit comment, dans la lettre même

du conte, s'amorce une nouvelle fable, tout à la fois continuation de l'histoire, réécriture et interprétation : que faut-il donc offrir au pouvoir politique pour s'associer à lui, et que doit-on accepter de s'incorporer au bénéfice de cette réunion ? Le roi de son côté aura avalé, avec les fictions du chat, quelques couleuvres, mais le prétendant au trône se trouve devoir accepter en retour une inquiétante nourriture...

À QUOI RÊVENT LES JEUNES FILLES

Revenons à *La Belle au Bois dormant* et à ce moment, qui nous a déjà occupé, où le lecteur doit arbitrer entre différents univers de croyance. Que dit l'opinion populaire, que le lecteur aurait tort de négliger à l'instar du prince lui-même, lequel prend pour « vérité », avec la parole du vieux paysan, ce qui n'est après tout qu'une version du conte que nous lisons ? « La plus commune opinion était qu'un ogre y demeurait, et que là il emportait tous les enfants qu'il pouvait attraper, [...] sans qu'on pût le suivre, *ayant seul le pouvoir de se faire un passage au travers du bois* » (p. 134-135). Or quel sera tantôt le signe que le prince est bien l'élu promis par la fée ? « À peine s'avança-t-il vers le bois, que tous ces grands arbres, ces ronces et ces épines s'écartèrent d'elles-mêmes pour le laisser passer[1]. » Doit-on alors

1. J.-P. Collinet (p. 318) signale qu'il y a là encore un possible jeu intertextuel avec *Psyché* de La Fontaine.

s'étonner que ce prince charmant puisse nous découvrir, dans le second épisode du conte, une mère ogresse ? Quels événements les curieuses ellipses du conte nous dérobent-elles qui laissent seulement supposer un changement de dynastie dans le siècle écoulé ? On peut légitimement s'interroger sur les aléas de cette succession : comment le père du prince (« le fils du roi qui régnait alors... ») est-il monté sur le trône d'un royaume autrefois gouverné par le père de la princesse, et quel sens donner à l'alliance du nouveau pouvoir avec un sang infâme (on sait la reine de « race ogresse » et le roi, nous dit-on, « ne l'avait épousée qu'à cause de ses grands biens », p. 137) ? Comment interprétera-t-on enfin les dernières lignes du récit, où le prince apprenant la mort de la reine mère s'en dit seulement « fâché » — si fâché qu'on ne saurait dire, plus fâché peut-être que le couple royal initial en mal d'enfant ? Sait-on bien de quoi demain sera fait pour la princesse et ses enfants ? La version proposée par les frères Grimm, qui se dispense du second épisode, diffère de celle de Perrault précisément sur deux points : le prince, à l'approche du château, ne jouit d'aucun pouvoir, ayant seulement pour lui d'arriver au terme exact du délai prédit par la fée ; le père et la mère de la belle ne désertent pas le château et se réveillent en même temps que leur fille pour bénir l'union qui assure une descendance au trône[1]. Dans le conte de 1695, l'opinion du peuple est peut-être moins vaine

1. On lira l'extrait correspondant dans le Dossier, p. 205 *sq.*

que saine : est-on bien sûr qu'un ogre ne se cache pas sous les traits du prince charmant ? Seules les jeunes filles, pour avoir longuement rêvé, tardent peut-être à le reconnaître — mais on s'en voudrait de l'apprendre ici à celles qui l'ignoreraient encore...

Se bornera-t-on à reconnaître de tels incidents comme des inadvertances d'un auteur qui se trouve, par hypothèse, devoir contaminer plusieurs versions orales en travaillant seulement « de mémoire » ? *Le Petit Chaperon rouge*, entre autres leçons, enseigne au moins à ne pas s'arrêter en chemin : au vrai, l'ensemble du recueil est semé de ces mécomptes par où l'histoire « du temps passé » s'offre à l'interprétation comme à la récriture, et dans tous les cas à une réappropriation.

LES DEUX FONT LA PAIRE

Relisons *Cendrillon* ; de l'abaissement à l'élévation, et de l'*incognito* à la reconnaissance : la parfaite évidence de la féerie y semble si bien un effet de l'exact enchaînement des séquences narratives que le conte a régulièrement été élu comme terrain d'exercices par les sémiologues et théoriciens du récit [1]. On peut aussi, avec M. Serres qui en fait la savante démonstration, envisager le conte comme un immense jeu de mots : « les objets s'y

1. Voir dans la Bibliographie les articles de C. Bremond, P. Maranda, J. Courtès et A.-J. Greimas.

groupent avec une cohérence quasi-mathématique, forment un réseau où circule un son unitaire », par dissémination du surnom reçu par l'héroïne, *cucendron* (la vaisselle : *cucumula* ; le valet : *cubicularius* ; la citrouille : *cucurbita* ; le carrosse : *curriculum* ; la souricière : *mustricula*, etc.) [1]. Une ligne de cohérence plus manifeste tient à la circulation du motif du *don*, sur lequel insiste au moins la première moralité : les dons de la fée viennent s'inscrire dans une longue chaîne où s'illustrent positivement ou négativement toutes les formes du don (des plus civils : donner un bal, la main, ou des citrons — aux plus symboliques : donner sa main après s'être vu donner un habit et refuser un autre, mais aussi après avoir aban*donné* sa chaussure) avec une rare attention aux actes linguistiques de donation (donner un nom, un avis, une réponse, sa parole, un rendez-vous, et pour finir, accorder son pardon en donnant un rare exemple de générosité). Sans doute ne faut-il pas chercher ailleurs l'extrême satisfaction que tout lecteur retire au dénouement du conte, vers où convergent différents circuits d'échange pour offrir à l'héroïne, avec un royal époux, le pouvoir d'accorder un mari et un nom à celles qui lui déniaient tout droit et jusqu'à un nom propre...

Mais peut-être faut-il se rendre attentif aussi à tout ce qui ne sert pas la logique obvie, et faire le décompte de ce que le conte nous dérobe. Pas seulement pour

1. « Les métaphores de la cendre ou introduction à la féerie expérimentale », *Critique*, n° 246, novembre 1967.

souligner que le prénom de l'héroïne nous est finalement celé au bénéfice de ses deux surnoms ; pas davantage pour relever l'énigmatique absence d'un père dont le caractère demeure problématique (si l'on a noté que la jeune fille tient sa douceur de sa défunte mère seulement et que le veuf se laisse « entièrement gouverner » par sa seconde épouse) ; ou rêver à la curieuse rivalité du prince et du roi : « le roi même, tout vieux qu'il était, ne laissait pas de la regarder, et de dire tout bas à la reine qu'il y avait longtemps qu'il n'avait vu une si belle et si aimable personne » ; depuis combien de temps au juste ? Depuis peut-être la disparition de la mère de Cendrillon... C'est aux faits et gestes de l'héroïne qu'on s'attachera, moins naïve que sa parfaite modestie le laisse constamment penser aux autres personnages comme au lecteur. Confrontons par exemple à l'épisode où Cendrillon s'abstient de répondre à la provocation et à la fallacieuse question de ses demi-sœurs (« Serais-tu bien aise d'aller au bal ? », p. 172), la scène où elle provoque par quelques larmes sa marraine à formuler la demande à sa place (« Tu voudrais bien aller au bal, n'est-ce pas ? », p. 173). Notons un peu plus loin que les dons ne sont pas tous reçus également de la fée : une fois au moins, la belle prend l'initiative de la métamorphose, venant en aide à sa marraine qui « était en peine de quoi elle ferait un cocher », et gageons que, si elle l'eût osé, l'héroïne eût suggéré quelque emploi pour les deux rats surnuméraires trouvés à la ratière et dont la fée ne fait rien. Retenons que les vêtements et les précieuses « pantoufles » sont l'objet d'une demande là encore indirectement suggérée à une marraine imprévoyante. Ne nous laissons pas ensuite étourdir par le bal, et demandons-nous si ces oranges et ces citrons qu'elle donne à ses sœurs lui ont bien été offerts par le prince : on ne voit pas qu'il les lui ait jamais tendus, et l'énoncé « que le prince lui avait donnés » peut aussi bien s'entendre comme un fragment de discours rapporté et une possible fabulation du personnage ; on n'entend pas davantage le fils du roi donner pour le lendemain ce rendez-vous dont la belle, au retour, s'empresse de faire état auprès de sa marraine... Que dire, dans la scène suivante, des talents de comédienne de l'héroïne pour feindre le réveil ; de l'art avec lequel elle se fait conter séance tenante (comme d'ailleurs le lendemain à la même heure) par ses sœurs le récit de sa propre histoire ; de la malice qu'elle met à demander à Javotte un habit qu'elle sait devoir lui être refusé, au risque d'être « grandement embarrassée » si la réponse eût été positive ? Et venons-en à l'essentiel : l'histoire n'en dit rien, mais est-ce bien par simple hâte que Cendrillon « laissa tomber » dans sa fuite « une de ses pantoufles de verre » en ayant pourtant soin de conserver l'autre ? Comment se fait-il en outre que la paire ainsi dissociée échappe au sortilège qui condamne équipage et parure à « reprendre leur première forme » au douzième coup de minuit ?

Il faut relire de très près les recommandations de la marraine (p. 174), décidément distraite. L'avertissement enveloppe toute la parure de la belle, moins ce cocher qui mettait la fée en peine, mais néglige de mentionner les fameuses pantoufles, dès lors épargnées par le sortilège. La distraction n'a peut-être pas échappé à la belle, et la pantoufle, comme on sait, ne sera pas perdue pour tout le monde... Ces quelques indices nous sont autant de cailloux pour un autre chemin de lecture, et l'on affabulera maintenant librement, sinon un autre conte, au moins une nouvelle moralité : deux précautions valent mieux qu'une (les deux font la paire), et la ruse est le vrai don des femmes ; ou encore : aide-toi et la fée t'aidera.

IMPAIR ET MANQUE

Que peut sur un lecteur l'insistance d'un simple chiffre ? *Le Petit Poucet*, c'est dans notre mémoire la magie d'un nombre impair : sept garçons dans la maison du bûcheron qu'on devine à l'orée du bois, et sept filles au domicile de l'ogre, « par-delà la forêt », pour d'improbables noces de sang ; sept ans pour l'âge du héros, le plus jeune des sept frères ; sept lieues d'une seule enjambée pour l'ogre comme pour le héros qui lui dérobe ses bottes afin de revenir sur ses pas, avec la complicité du conteur (« comme elles étaient fées, elles avaient le don de s'agrandir ou de s'apetisser selon la jambe de celui qui les chaussait ») et par un juste retour des choses si l'on se souvient que, dans *La Belle au Bois dormant*, ces mêmes bottes étaient portées par un nain (p. 133) auquel l'ogre les a possiblement dérobées... Mais il est d'autres décomptes où se glissent quelques impairs : on a déjà signalé[1] la flagrante contradiction entre le premiers vers de l'unique moralité (« On ne s'afflige point d'avoir beaucoup d'enfants ») et le climat du début du conte où le couple se désole du nombre de bouches à nourrir en cette année de famine[2] — le merveilleux du conte s'accommodant ici encore d'une forme de « réalisme », que souligne un peu plus loin l'allusion aux « dix écus » depuis longtemps dus par « le seigneur du village » et dont les bûcherons « n'espéraient plus rien ». Mais quel emploi la mère fera-t-elle de cette somme (inespérée) reçue au retour de la forêt où les parents (désespérés) ont « mené perdre » leurs sept enfants ? « Elle acheta trois fois plus de viande qu'il n'en fallait pour le souper de deux personnes » : trois fois deux, c'est à l'évidence trop pour deux bouches seulement, mais on doit se demander si les « pauvres enfants » feraient vraiment « bonne chère » de ce qui « reste » du souper des deux parents ; trois fois plus que pour deux, c'est compter pour six et nullement pour neuf. Doit-on supposer

1. Voir ci-dessus, p. 129.

2. Sur les famines endémiques dans la France du XVIIe siècle, voir la note de J.-P. Collinet, p. 343.

que des enfants âgés de sept à dix ans se contentent à l'ordinaire de demi-portions ? Le menu peut alors « rassasier » dix bouches, et c'est maintenant une de trop. Suffit-il d'interpréter ce mécompte comme un trait idéologique sur l'imprévoyance des gens du peuple — s'il faut en croire le conte, les inégalités sociales renverraient peut-être moins à une injustice fondamentale qu'à des différences d'aptitudes économiques ? On est plutôt tenté de rapprocher ce décompte de la curieuse explication « vraisemblable » donnée au début du récit sur l'écart d'âge des sept garçons dont le plus âgé a trois ans de plus seulement que le petit dernier : « on s'étonnera que le bûcheron ait eu tant d'enfants en si peu de temps ; mais c'est que sa femme allait vite en besogne et n'en faisait pas moins de deux à la fois ». Trois ans, ce sont trente-six mois, soit le temps de quatre grossesses : si celles-ci sont bien gémellaires, comme le veut le conte, le couple devrait s'enorgueillir ou se désoler de huit enfants. Il en manque bien un, et c'est cette bouche absente qui hante peut-être le menu établi par la mère. M. Soriano a longuement montré tout le profit que l'on peut tirer de ce « lapsus » de Perrault, lui-même né jumeau mais « veuf » de son double dès l'âge de six mois[1] ; les naissances des enfants du bûcheron sont notamment à rapporter à celles des trois protagonistes de *Riquet à la Houppe*, où il manque aussi au héros un besson pour faire pendant au couple formé par les

1. *Op. cit.*, quatrième partie, « Les bessons ».

deux sœurs jumelles : au vrai, l'histoire de *Riquet* y trouverait un meilleur équilibre structurel, en donnant un possible rôle à la cadette oubliée en chemin dans la version de Perrault...

Mieux vaut peut-être se rendre attentif aux échos que ce décompte inaugural et l'hésitation sur l'impair trouvent un peu plus loin : notre conte ne compte aussi régulièrement jusqu'à sept que faute de réunir un nombre pair de paires. À quel usage l'ogre destine-t-il la « chair fraîche » des sept enfants trouvés chez lui ? Le « gibier » lui vient « bien à propos », dit-il, pour « traiter trois ogres de [s]es amis qui doivent [l]e venir voir ces jours-ci » : à quelle « sauce » faudra-t-il donc accommoder les sept enfants pour pouvoir « régaler » à part égale ces trois gros mangeurs ? Que dire ensuite de la formule par laquelle l'ogre éveillé « sur le minuit » (deux fois six ?) prétend mettre un terme à la procrastination de la veille : « Allons voir comment se portent nos petits drôles ; *n'en faisons pas deux à la fois* », funèbre symétrique de l'énoncé qui saluait la « besogne » maternelle ? Pourquoi faut-il enfin que le parricide, trompé par la ruse de Poucet, se ravise en ces termes sur les occupants respectifs (deux fois sept) des « grands lits » jumeaux : « Vraiment, [...] j'allais faire là un bel ouvrage ; je vois bien que je bus trop hier au soir » ? On sait à combien s'élève cet excès, que précisait un précédent passage : il avait bu « une douzaine de coups plus qu'à l'ordinaire », et c'est encore deux fois six. Étrange épisode au demeurant que celui où le Petit Poucet institue les sept filles de l'ogre en sœurs jumelles du septuor masculin, en promettant donc à la mort celle en laquelle il venait de trouver son double...

Combien doit-on d'ailleurs dénombrer d'épisodes dans ce conte plus long que d'autres et « rempli d'aventures » diverses dont le jugement de l'abbé de Villiers nous invite à sonder d'abord les « rapports » ? De mémoire, on est tenté de ramener la *fabula* à deux grands épisodes seulement : celui du chemin retrouvé puis perdu, et la nuit sanglante chez l'ogre. Mais pourquoi faut-il deux épisodes pour démontrer la supériorité du plus faible sur ses aînés ? Et comment comprendre qu'il faille un échec pour enchaîner deux succès — ce qui pourrait constituer en définitive la morale proprement structurale du récit ?

Le premier épisode se dédouble en effet au terme d'un triomphe très incomplet : si l'initiative et la ruse appartiennent d'abord au seul Petit Poucet, habité peut-être par un secret désir de revanche (en forêt, il laisse ses frères crier avant de les inviter à le suivre), le retour au bercail destitue le benjamin de toute posture héroïque : il redevient un membre indistinct de la fratrie, où la mère distingue une fois encore le seul aîné (le rousseau Pierrot) ; et le récit de l'aventure, comme le cri d'arrivée, est celui d'une voix collective (les enfants « se mirent à crier tous ensemble » ; « ils racontaient [...] en parlant presque toujours tous ensemble »). La cellule familiale semble ainsi interdire au héros d'être le narrateur de son propre triomphe ; le vrai triomphe devra apparemment se jouer ailleurs *et* de façon solitaire. C'est pourquoi la seconde ruse *doit* échouer pour donner lieu au second épisode, « par-delà » cette forêt où les enfants s'enfoncent en tournant le dos à la maison familiale. Mais c'est aussi pourquoi le second épisode lui-même va se dédoubler, ce qu'on aperçoit mal à première lecture : l'introduction des « bottes de sept lieues » n'a pas d'autre fonction que d'autoriser un épisode surnuméraire où le Petit Poucet se détache de la fratrie (il « dit à ses frères de s'enfuir promptement à la maison pendant que l'ogre dormait [...] et qu'ils ne se missent point en peine de lui ») pour se distinguer solitairement. Quel est donc le principal ressort de cette nouvelle ruse ? Le succès du héros tient ici aux pouvoirs du récit par lequel il abuse l'ogresse : il est ce voleur qui conte une histoire de voleurs, pour éveiller en l'auditrice un mixte de terreur et de pitié (en l'espèce, une forme inattendue d'amour conjugal : « la bonne femme fort effrayée lui donna aussitôt tout ce qu'elle avait ; car cet ogre ne laissait pas d'être un fort bon mari, quoiqu'il mangeât les petits enfants », aussi bon mari sans doute que ce bûcheron prompt à se débarrasser de sa progéniture...). Poucet gagne là, outre la fortune de l'ogre, ses galons de narrateur, avec le droit de revenir seul à la maison faire en son nom propre le récit d'exploits qui n'ont pas eu d'autre témoin et que nul donc ne saurait donner à sa place — sinon le conteur de l'histoire que nous lisons.

Mais le récit triomphal a-t-il bien eu lieu ? Notre conte observe sur ce retour un curieux silence : la « joie » avec laquelle Poucet est accueilli tient apparemment aux richesses dont il est chargé, et nul ne semble s'enquérir d'un récit sur l'origine de cette subite fortune... Le plus piquant est que la narration, sur ce point précisément, s'ouvre à un spectaculaire dédoublement : « Il y a bien des gens qui ne demeurent point d'accord de cette dernière circonstance, et qui prétendent que le Petit Poucet n'a jamais fait ce vol à l'ogre ». S'il y a ainsi débat, et si une autre version peut se substituer au récit authentique — version mise en circulation par des narrateurs doublement hétérodiégétiques (« ces gens-là assurent le savoir de bonne part, et même pour avoir bu et mangé dans la maison du bûcheron ») — c'est peut-être bien que le héros s'est vu une fois encore contraint au silence par le cercle familial. Que penser alors du fait que le conteur puisse déléguer à ces témoins douteux le dénouement de l'histoire sous la forme d'une *variante* : « Ils assurent que lorsque le Petit Poucet eut chaussé les bottes de l'ogre, il s'en alla à la Cour [...]. Il alla, disent-ils, trouver le Roi... » ? Car au terme de cette problématique délégation, le conte n'aura pas d'autre dénouement que celui qui nous est donné comme inauthentique.

Le coup de génie est ici que cette variante ne parvient pas à annuler vraiment la version à laquelle elle prétend se substituer ; elle se lit en effet (bien des lecteurs y sont pris) comme une *continuation* possible : qu'est-ce qui empêche que le Petit Poucet, fort des richesses dérobées à l'ogre, aille chercher ensuite à la cour, avec un surcroît de fortune, une grandeur d'établissement ? Le jeu ainsi orchestré entre variante ou récriture et continuation, qui accrédite sans coup férir l'exploit solitaire du héros, est peut-être la principale leçon du conte : *Le Petit Poucet* nous conte l'histoire d'une histoire que nul ne veut entendre, d'un personnage qu'on ne laisse pas devenir narrateur, et auquel la complicité du conteur garantit seule un complet triomphe en faisant ce récit dont le héros a été privé. À bon entendeur, salut : le conte enseigne aussi qu'il n'y a jamais très loin de l'interprétation d'une histoire à sa récriture, et d'une simple variante à une continuation.

SOYONS SIMPLES

Le plus dépouillé des contes en prose — ces *Fées* dont on a signalé l'austère simplicité en regard de la version de Mlle Lhéritier — est encore assez riche en lignes de fuite pour donner matière à l'une de ces lectures « affabulantes » auxquelles on voudrait ici inviter ; de la linéarité d'un récit où le conteur s'abstient apparemment de tout contrepoint ironique, et de la rareté des détails dont les corrections apportées au manuscrit de 1695 ont accentué la pauvreté [1], on se gardera bien de conclure, comme M. Soriano [2], à la « fidélité » de Perrault à une hypothétique version orale dont nous ignorons tout, et plus encore d'attribuer au fils la paternité du récit. Posons plutôt que la simplicité délibérément mise en œuvre dans le traitement d'une *fabula* que Mlle Lhéritier avait pour sa part élargie aux dimensions d'une nouvelle allégorique fait ici du récit un piège et de son architecture une manière de trompe-l'œil : peut-on dire, par exemple, que les deux sœurs sont soumises successivement à la même épreuve dont l'une triomphe quand l'autre y trouve son châtiment ?

Le piège s'amorce dès le titre, qui semble répéter seulement la désignation générique ; nous lisons un conte de fées qui fait le conte des fées — et qui les compte mal : si la fée prend deux formes différentes dans les deux épisodes successifs, c'est bien « la même fée » (p. 166) qui se manifeste aux deux sœurs. Mais il vaut la peine de s'attarder à ces deux apparitions. Le titre nous est un suffisant viatique pour reconnaître une fée dans la « pauvre femme » qui se présente d'abord à la fontaine ; mais qu'en est-il de l'hé-

1. Voir les variantes du manuscrit de 1695 en regard de l'impression de 1697 signalées par J.-P. Collinet, p. 335-336.
2. *Op. cit.*, p. 137.

roïne ? Rien n'indique qu'elle reconnaît la fée pour telle — et c'est bien sûr tout le sens de ce qu'une parenthèse (« car c'était une fée... ») nous enseigne être une épreuve (« ... voir jusqu'où irait l'honnêteté de cette jeune fille »). Nul commentaire en revanche pour souligner ensuite l'adverbe disjonctif qui articule le contre-don de la fée : « à chaque parole que vous direz, il vous sortira de la bouche *ou* une fleur *ou* une pierre précieuse ». La disjonction n'opère pas de partage explicite entre deux formes de paroles, et la distribution n'en est apparemment pas réglée. À preuve le décompte des premiers mots de la cadette de retour au logis : « deux roses, deux perles et deux gros diamants ». Or, ces fleurs à peine écloses, nous serons les seuls à les reconnaître : « que vois-je là ? » — la mère, puis l'aînée, ne veulent « voir » (le verbe est trois fois répété) que les pierres précieuses ; l'épreuve commune de la mère et de la sœur comme la défaite de l'aînée se jouent bel et bien ici, et dans la présomption trop vite acquise, au bénéfice d'un « naïf » récit de la cadette mal entendu et mal traduit par la mère, de savoir reconnaître la fée. L'échec de l'aînée à la fontaine tient certes à sa « malhonnêteté » foncière, mais tout autant au déguisement pris par la fée pour déjouer le scénario déduit par la mère du simple récit de la cadette, et à tort supposé immuable : la scène merveilleuse ne saurait se répéter exactement, et les deux sœurs évoluent en quelque sorte dans deux contes différents — en quoi les fées sont bien deux pour l'ensemble des protagonistes de l'affaire.

Allons droit à l'issue de ce second épisode puis à celle du conte : en imputant à la cadette le sort fait à l'aînée, la mère accuse le récit donné par l'héroïne du premier épisode, sans vouloir « voir » ici encore l'exacte valeur de sa « naïveté » et sans imaginer qu'il pût y avoir de *variante* dans le merveilleux ; au demeurant, s'il s'agit de faire payer à la cadette la mésaventure de l'aînée (« elle me le paiera »), il eût été plus expédient de lui faire reprendre son récit en d'exigeant d'elle quelque amplification sonnante et trébuchante ! Quant au prince, peut-être se laisse-t-il séduire moins par la beauté de la belle esseulée que par l'aventure qu'elle lui « conte » ; a-t-il été seulement attentif à la simplicité du récit s'il ne « voit », comme la mère, que perles et diamants ? La mère et le prince sont bien deux figures de ces mauvais lecteurs qui laissent les récits se perdre et les roses faner.

Ces fleurs qui ne sont plus rappelées dans la lettre du texte faute d'observateurs désintéressés, cette unique fée que nul finalement n'a vue comme telle et qui n'existe que par la vertu du langage, nous resterons seuls à en avoir joui — à l'unique condition de reconnaître à sa juste valeur la naïve simplicité du conte.

Qu'il y ait ainsi dans tout conte de quoi en faire un autre et plusieurs interprétations avec lui ; que tout lecteur soit un auteur en puissance comme le veut la fiction de la dédicace ; que nul puisse prétendre jamais en délivrer la signification ultime ; que la pérennité d'une œuvre tienne paradoxalement à la façon dont l'auteur abdique fictivement une bonne part de son autorité et que, par un autre paradoxe, ces significations inouïes soient encore imputables à l'auteur : telle est en définitive la plus belle leçon des *Contes-de-Perrault*, leçon toute « moderne » si l'on veut — leçon de lecture donc, aussi bien que d'histoire littéraire.

DOSSIER

I. REPÈRES BIO

L'édition « Folio classique » des … J.-P. Collinet offre une chronologie … cise de la vie de Charles Perrault et … publication de ses œuvres (p. 261-271).

Les principaux éléments biographiques en ont été redistribués, avec quelques compléments, dans nos différents sommaires et « encadrés » : p. 37-39 sur la publication des contes en vers et les différents textes de l'académicien relatifs à la Querelle des Anciens et des Modernes ; p. 59-61 pour les *Histoires* en prose ; p. 28-29 sur la carrière « politique » de Perrault.

ET LA FORÊT : GENRES DE CHARLES PERRAULT

Charles Perrault ne fut pas l'homme d'un seul livre, mais celui de plusieurs genres : d'abord auteur burlesque, bientôt poète mondain adonné à la galanterie, longtemps historien de la littérature et des arts volontiers polémiste, continûment fabuliste, plus tardivement mémorialiste et moraliste. Faut-il traquer l'unité d'un « style » dans cet ensemble d'œuvres disparates, certaines de circonstance, d'autres de divertissement — mais que l'auteur a eu dès 1675 le souci de réunir en recueil ? S'il fallait postuler, de façon quelque peu anachronique, l'unité d'un « style d'auteur », on la chercherait volontiers dans l'humour, la distance ironique et plus précisément encore dans le détournement parodique ou « travestissement » burlesque sous le signe duquel l'auteur des *Contes* a fait ses débuts ; la manière burlesque fait assez bon ménage, chez Perrault comme chez son aînée Mme de Sévigné ou son cadet La Fontaine, avec l'élégance galante.

Les textes ici réunis viennent compléter le panorama proposé par J.-P. Collinet (Folio classique, p. 203-257) avec *Le Miroir ou la Métamorphose d'Oronte* (1661), allégorie galante en prose mêlée de vers dans le goût mondain et précieux qui persistait depuis la fin des années 1630, où l'on perçoit la durable influence de Mlle de Scudéry ; le poème *La Peinture* (1668), composé en faveur de Le Brun, premier peintre du roi et protégé de Colbert, en réponse au plaidoyer de Molière pour son ami Pierre Mignard, qui offre de petits îlots fictionnels ; et *Le Labyrinthe de*

Versailles (1675), ensemble de « moralités galantes » données à des fables d'Ésope, sur lesquelles nous reviendrons un peu plus loin.

En offrant ici au lecteur d'autres extraits d'œuvres de Perrault, on voudrait l'inviter à se demander si le conte fut bien son genre.

1. PERRAULT MÉMORIALISTE

Rédigés au lendemain de sa disgrâce (1683) pour être donnés à ses enfants, les *Mémoires de ma vie* constituent un témoignage exceptionnel non pas tant sur la vie privée de l'auteur des *Contes* que sur la politique culturelle sous le règne de Louis XIV, à laquelle Charles fut mêlé vingt ans durant (le séjour de l'architecte italien Bernin à Paris notamment, et les conditions de son départ puis l'affaire de la « colonnade du Louvre » y sont largement évoqués). Le texte s'interrompant malheureusement sur le récit de l'événement qui décida de la Querelle des Anciens et des Modernes — la lecture à l'Académie du *Siècle de Louis le Grand* (voir ci-dessous, p. 161-162), il ne nous permet donc pas de connaître les circonstances exactes et moins encore les intentions qui présidèrent à la rédaction des *Contes*.

On lira ici en trois brefs extraits le début et la fin de ces *Mémoires* : l'épisode où le jeune Charles s'affranchit, non sans audace, de la tutelle scolaire — moment émancipateur, où il n'est pas déplacé de voir un geste déjà tout « moderne » ; la rupture privée que constitua pour lui sa disgrâce publique à la mort de Colbert : Perrault manifeste alors un souci de pédagogue rare à l'époque mais qu'il hérite de ses propres parents (voir aussi ci-dessous, p. 160-161) ; et les dernières pages qui jettent un jour singulier sur les débuts de la Querelle.

Ch. Perrault, *Mémoires de ma vie*, éd. Antoine Picon, Macula, coll. « Art et Histoire », 1993, p. 109-111 (orthographe modernisée par nous).

Je suis né le douzième de janvier 1628, et né jumeau. Celui qui vint au monde quelques heures avant moi fut nommé François, et mourut six mois après. Je fus nommé Charles par mon frère le receveur général des finances, qui me tint sur les fonts avec Françoise Pepin, ma cousine.

Ma mère se donna la peine de m'apprendre à lire, après quoi on m'envoya au Collège de Beauvais, à l'âge de huit ans et demi. J'y ai fait toutes mes études, ainsi que tous mes frères, sans que pas un de nous y ait jamais eu le fouet. Mon père prenait la peine de me faire répéter mes leçons les soirs après souper [...].

J'ai toujours été dans les premiers de mes classes, hors dans les plus basses, parce que je fus mis en sixième que je ne savais pas encore bien lire. J'aimais mieux faire des vers que de la prose, et les faisais quelquefois si bons que mes régents me demandaient qui me les avaient faits. J'ai remarqué que ceux de mes compagnons qui en faisaient bien ont continué d'en faire, tant il est vrai que ce talent est naturel et se déclare dès l'enfance.

Je réussis particulièrement en philosophie : il me suffisait souvent d'avoir attention à ce que le régent dictait pour le savoir et pour n'avoir pas besoin de le lire et de l'étudier ensuite. Je prenais tant de plaisir à disputer en classe que j'aimais autant les jours où on y allait que les jours de congé[1]. La facilité que j'avais pour la dispute me faisait parler à mon régent avec une liberté extraordinaire et qu'aucun autre écolier n'osait prendre. Comme j'étais le plus jeune et un des plus forts de ma classe, il avait grande envie que je soutinsse une thèse à la fin de mes

1. La *disputatio* est un exercice de la classe de philosophie : discussion contradictoire sur une question imposée.

deux années ; mais mon père et ma mère ne le trouvèrent pas à propos, à cause de la dépense où engage cette cérémonie, dépense la plus inutile qu'on puisse faire. Le régent en eut tant de chagrin qu'il me fit taire lorsque je voulus disputer contre ceux qui devaient soutenir des thèses. J'eus la hardiesse de lui dire que mes arguments étaient meilleurs que ceux des Hibernois qu'il faisait venir[1], parce qu'ils étaient neufs et que les leurs étaient vieux et usés. J'ajoutai que je ne lui ferais point d'excuses de parler ainsi, parce que je ne savais que ce qu'il m'avait montré. Il m'ordonna une seconde fois de me taire, sur quoi je lui dis, en me levant, que puisqu'il ne me faisait plus dire ma leçon [...], qu'on ne disputait plus contre moi, et qu'il m'était défendu de disputer contre les autres, je n'avais plus que faire de venir en classe. En disant cela, je lui fis la révérence et à tous les écoliers, et sortis de la classe. Un de mes amis, nommé Beaurain, qui m'aimait fort, et qui s'était en quelque sorte rangé auprès de moi parce que toute la classe s'était déchaînée contre lui sans savoir pourquoi, sortit aussi et me suivit. Nous allâmes de là au jardin du Luxembourg, où, ayant fait réflexion sur la démarche que nous venions de faire, nous résolûmes de ne plus retourner en classe, parce qu'il n'y avait plus à y profiter, tout le temps ne s'employant à autre chose qu'à exercer ceux qui devaient répondre, et de nous mettre à étudier ensemble.

Cette folie fut cause d'un bonheur : car, si nous eussions achevé nos études à l'ordinaire, nous nous serions mis apparemment, chacun de notre côté, à ne rien faire. Nous exécutâmes notre résolution, et pendant trois ou quatre années de suite M. Beaurain vint presque tous les jours deux fois au logis, le matin à huit heures

1. Les écoliers irlandais reçus dans les collèges parisiens.

jusqu'à onze, et l'après-dîner depuis trois jusqu'à cinq. Si je sais quelque chose, je le dois particulièrement à ces trois ou quatre années d'études. Nous lûmes presque toute la Bible et presque tout Tertullien, l'*Histoire de France* de La Serre et de Davila ; nous traduisîmes le traité de Tertullien, *De l'Habillement des femmes* ; nous lûmes Virgile, Horace, Corneille, Tacite et la plupart des autres auteurs classiques, dont nous fîmes des extraits que j'ai encore.

FIN DE PARTIE

Ibid., p. 232-233.

Quand M. Colbert fut mort, on me traita de manière assez étrange : on me remboursa ma charge [de premier commis aux Bâtiments][1], qui valait bien vingt-cinq mille écus, avec la somme de vingt-deux mille livres ; et on donna à M. Le Brun et à M. Le Nôtre vingt mille [livres] chacun par gratification pour leurs bons et agréables services provenant du prix de ma charge, qui fut vendue soixante mille livres ou environ.

Me voyant libre et en repos, je songeai qu'ayant travaillé avec une application continuelle pendant près de vingt années et ayant cinquante ans passés, je pouvais me reposer avec bienséance et me retrancher à prendre soin de l'éducation de mes enfants.

Dans ce dessein, j'allai me loger en ma maison du faubourg Saint-Jacques, qui, étant proche des collèges[2], me donnait une grande facilité d'y envoyer mes enfants, ayant toujours estimé qu'il valait mieux que des enfants vinssent coucher dans la maison de leur père,

1. Charles était depuis 1665 le principal collaborateur de Colbert pour la politique de travaux de prestige décidée par Louis XIV.
2. Sur *les fossés* de l'Estrapade, à proximité immédiate du Quartier latin ; Perrault habita cette maison jusqu'à sa mort.

quand cela peut se faire commodément, que de les mettre pensionnaires dans un collège, où les mœurs ne sont pas en si grande sûreté. Je leur donnai un précepteur, et moi-même j'avais soin de leur faire assez souvent leurs leçons.

COUP DE TONNERRE À L'ACADÉMIE

Ibid., p. 237-238.

Je fus exclu [aussi] de la petite Académie[1] où j'aurais été assez aise d'être continué ; mais il fallut encore souffrir cette mortification.

Pour me donner quelque occupation dans ma retraite, je composai le poème de *Saint Paulin*, qui eut assez de succès, quoique des personnes très considérables par leur esprit et leur réputation s'y opposassent en toutes rencontres. Il est vrai qu'il y avait quelques vers un peu faibles et c'étaient ceux-là seulement que ces personnes mal intentionnées savaient par cœur et débitaient dans les compagnies[2].

Ensuite je composai le petit poème du *Siècle de Louis le Grand*, qui reçut beaucoup de louange dans la lecture qui s'en fit à l'Académie française, le jour qu'elle s'assembla pour témoigner la joie qu'elle ressentait de la convalescence de sa majesté après la grande opération qui lui fut faite[3]. Ces louanges irritèrent tellement M. [Boileau] Despréaux qu'après avoir grondé longtemps tout bas, il s'éleva dans l'Académie, et dit que c'était une honte qu'on fît une telle lecture, qui blâmait les plus grands hommes de l'Antiquité. M. Huet, alors évêque de Soissons,

1. Le comité d'hommes de lettres réuni par Colbert pour l'assister dans sa politique architecturale et rédiger les inscriptions sur les monuments publics, devenue « Académie des inscriptions et belles-lettres ».

2. Dédié à Bossuet, ce pieux poème a été régulièrement raillé par Boileau, avant même le début de la Querelle.

3. 27 janvier 1687. Louis XIV venait de subir une intervention chirurgicale ; le texte de Perrault, lu par l'abbé Lavault, était donc un texte « public » conçu à la louange du roi et du régime (ci-dessous, p. 162) ; il fut publié aussitôt après.

lui dit de se taire, et que, s'il était question de prendre le parti des Anciens, ce lui conviendrait mieux qu'à lui, parce qu'il les connaissait beaucoup mieux[1], mais qu'ils n'étaient là que pour écouter. Depuis, le chagrin de M. Despréaux lui fit faire plusieurs épigrammes qui n'allaient qu'à m'offenser, mais nullement à ruiner mon sentiment touchant les Anciens. M. Racine me fit compliment sur cet ouvrage, qu'il loua beaucoup, dans la supposition que ce n'était qu'un pur jeu d'esprit qui ne contenait point mes véritables sentiments, et que dans la vérité je pensais tout le contraire de ce que j'avais avancé dans mon poème. Je fus fâché qu'on ne crût pas ou du moins qu'on fît semblant de ne pas croire que j'eusse parlé sérieusement, de sorte que je pris la résolution de dire sérieusement en prose ce que j'avais dit en vers, et de le dire d'une manière à ne pas faire douter de mon vrai sentiment là-dessus. Voilà quelle a été la cause et l'origine de mes quatre tomes de *Parallèles*.

Si elle est authentique, la réaction de Racine donne à penser que l'éloge des auteurs du règne de Louis XIV au détriment des Anciens n'avait rien de choquant tant qu'on pouvait regarder la chose comme pure flagornerie à l'égard du régime. Que le poème tout entier dût être considéré comme un « éloge paradoxal », telle était aussi l'opinion de Longepierre, le premier à répondre au *Siècle de Louis le Grand* dans un *Discours sur les Anciens* publié la même année et dont Perrault se souvient dans la dernière page des *Mémoires* : « L'on ne doit envisager son ouvrage que comme un jeu d'esprit par lequel il a voulu se signaler en appuyant de si étranges paradoxes, que dans le

1. Pierre-Daniel Huet (1630-1721), évêque de Soissons puis d'Avranches, érudit connu pour un *Traité sur l'origine des romans* publié en préface de *Zayde* (roman paru en 1670 attribué aujourd'hui à Mme de Lafayette). Il prit ensuite parti contre Perrault dans la Querelle.

fond il est bien éloigné de prendre pour des vérités. Son dessein a été sans doute d'enchérir sur ces grands hommes qui ont fait autrefois l'éloge de Busiris, de Néron, de la Folie, de la Fièvre quarte, de la Goutte, etc. et afin même qu'on n'en pût pas douter, il a judicieusement mis en œuvre la poésie, langage peu ordinaire à la sincérité, pour désavouer ainsi tacitement tout ce qu'il avançait en se servant d'un style dont on n'a guère coutume de se servir pour peindre la vérité » (*La Querelle des Anciens et des Modernes*, Gallimard, coll. « Folio classique », n° 3414, 2001, p. 281).

2. PERRAULT POÈTE PRÉCIEUX, CONTEUR GALANT

Introduit à la cour de Fouquet, Charles se mêle aux cercles galants et aux beaux esprits qui se plaisaient à « scudériser », soit à prolonger le goût précieux véhiculé par les romans de Mlle de Scudéry : « Je composai ensuite le *Dialogue de l'Amour et de l'Amitié*, qui eut beaucoup de vogue et qui fut imprimé plusieurs fois ; il a été traduit en italien par deux personnes différentes et M. Fouquet, surintendant des finances, le fit écrire sur du vélin, avec de la dorure et de la peinture » (*Mémoires de ma vie*, éd. cit., p. 124) — rare honneur également dévolu à l'*Adonis* de La Fontaine.

Ce *Dialogue* en prose mêlée de quelques vers (qu'on peut lire *in extenso* dans l'édition de M. Soriano des *Contes*, GF-Flammarion, p. 65-80) vient témoigner en 1660 du talent de Charles pour l'allégorie précieuse, à l'instar de la fameuse « Carte de Tendre » de l'illustre Sapho, avec toutefois une note d'humour très caractéristique de Perrault. *Le Miroir ou la métamorphose d'Oronte* (qu'on lira dans l'édition Folio classique, p. 203-227) relève de la même inspiration.

La « petite galanterie » que constitue le *Dialogue* est adressée à l'auteur de la principale poétique dramatique du temps, *La Pratique du théâtre* (1657), mais aussi de tragédies dans le goût moderne (*La Pucelle d'Orléans, Le Martyre de sainte Catherine)* et du premier roman épistolaire de notre littérature (*Le Roman des lettres*, 1667). Perrault tient l'abbé d'Aubignac pour « le grand Maître des Allégories ». Renvoyant à une « conversation » en prise sur l'une de ces « questions galantes » typique des cercles précieux et avec lesquelles les moralités des contes ne cessent de jouer, la lettre-dédicace recèle un récit allégorique qui préfigure *Riquet à la Houppe* et qui est donc déjà un « conte-de-Perrault ».

LETTRE À M. L'ABBÉ D'AUBIGNAC
EN LUI ENVOYANT LE *DIALOGUE DE L'AMOUR ET DE L'AMITIÉ* (1660)

Lettre à M. l'abbé d'Aubignac..., éd. G. Rouger des *Contes*, Classiques Garnier, p. 205-210.

[...] Avant que vous lisiez cette petite galanterie, il faut que je vous rapporte deux ou trois questions, que l'on me fit en une conversation où je me trouvai il y a quelques jours, et que vous sachiez aussi ce que j'y répondis. On me demanda d'abord pourquoi l'Amour et l'Amitié s'appellent frère et sœur [...]. Ils le sont en effet, et l'on ne peut en disconvenir, pour peu qu'on examine leur Généalogie.

Il est constant que l'Amour est fils du Désir, et de la Beauté : Platon, qui le connaissait particulièrement, nous en assure, il l'appelle même le désir de la beauté, et lui donne ce nom composé de celui de ses père et mère pour nous marquer son origine. Il est aussi très certain que l'Amitié est fille du Désir et de la Bonté, parce que si le Désir s'attachant à la Beauté, a donné l'être à l'Amour, on ne peut pas douter que le même Désir et la Bonté s'étant mis ensemble, n'aient donné naissance à l'Amitié. [...]

Ensuite de cette question, on en fit une autre qui me sembla fort jolie, et qui venait aussi d'une femme d'esprit que vous connaissez : Elle demanda qui était l'aîné des deux, de l'Amour ou de l'Amitié. Quoiqu'il soit malaisé de dire précisément ce qui en est, à cause du long temps qu'il y a qu'ils sont au monde, je ne doutai pas néanmoins d'assurer que l'Amour était l'aîné. [...] Je me réglai sur la Généalogie que j'ai déjà avancée, et sur l'histoire de leur naissance, que je leur contai en la matière qui suit.

La Beauté et la Bonté étaient deux sœurs si accomplies et si charmantes, qu'on ne pouvait les voir, ni les connaître sans les aimer. Quelques-uns les trouvèrent si semblables, qu'ils les prirent souvent l'une pour l'autre, et leur donnèrent aussi le même nom ; mais ceux qui les observèrent plus soigneusement, remarquèrent une grande différence entre elles : la Beauté avait beaucoup d'éclat et d'apparence, qui donnait dans la vue d'abord ; et sans mentir on pouvait dire que pour la conquête d'un cœur, elle n'avait besoin que d'être regardée ; et quoiqu'elle n'eût ni gardes, ni soldats autour d'elle, il n'était point de Rois sur la terre qui se fissent obéir si promptement, et dont l'empire fut plus absolu que la tyrannie qu'elle exerçait sur tout ce qui avait un cœur et des yeux. Elle était fort coquette et aimait passionnément à se produire dans le grand monde, afin de s'attirer des louanges dont elle témoignait ne se soucier pas beaucoup, mais qui néanmoins lui plaisaient tellement, qu'elle obligeait et forçait même toutes sortes de gens à lui en donner. La Bonté au contraire était fort modeste et fort retirée ; et quoiqu'elle fût d'une humeur assez sociable et assez communicative de son naturel, elle fuyait pourtant la foule autant qu'elle pouvait, et ne haïssait rien tant que de se faire fête mal à

propos. Il est vrai qu'elle n'avait pas ce brillant et cet abord surprenant de sa sœur ; mais quand on s'était donné le loisir de la considérer avec attention, et de la pratiquer quelque temps, on demeurait persuadé, qu'elle était infiniment aimable, et que ses charmes étaient bien plus solides et plus véritables que ceux de la Beauté.

Le Désir jeune et bouillant qui voyageait presque toujours pour satisfaire son humeur prompte et inquiète, se promenant un jour, et cherchant quelque aventure, rencontra la Beauté assise à la porte de son logis, où elle se tenait presque toujours oisive, et seulement pour être vue, pendant que la Bonté sa sœur était dans la maison qu'elle gardait, et où elle ne se tenait pas à rien faire : le Désir, dis-je, ayant rencontré la Beauté, se sentit ému et tout hors de soi en la voyant, et comme il était assez hardi de son naturel, il l'aborde, quoiqu'il ne la connût pas ; il la cajole, et lui fait cent galanteries qu'elle reçut avec joie. Le procédé brusque et enjoué du cavalier lui plut extrêmement, elle crut voir en lui quelque chose de noble et de généreux, capable des plus hautes entreprises, et qui témoignait d'une illustre naissance : elle s'imagina même que le Ciel l'avait destinée pour lui, et qu'assurément il les avait faits l'un pour l'autre ; de sorte qu'après quelques recherches de la part du Désir, leur mariage s'accomplit assez promptement. De ce mariage naquit l'Amour, qui donna bien de la satisfaction à ses père et mère durant les premiers jours de son enfance : Car au lieu que les autres enfants ne font que crier et pleurer en venant au monde, celui-ci ne faisait que chanter et danser. Il ne demandait qu'à rire, et à se réjouir ; il discourait de toutes choses agréablement ; il faisait même de petits vers et des billets doux les plus spirituels qu'on

eût jamais vus : Enfin son père et sa mère en étaient si contents, qu'ils rompaient la tête à tout le monde des jolies choses qu'il avait faites. Mais lorsqu'il fut un peu plus grand, il changea si fort qu'il n'était pas reconnaissable ; il devint rêveur et chagrin ; il ne voulait ni boire, ni manger ; il soupirait sans cesse ; il ne dormait point et ne faisait que se plaindre, sans savoir le plus souvent ce qu'il lui fallait, car on le lui avait pas plus tôt donné une chose qu'il en était las, et qu'il en demandait une autre, qui ne le contentait pas plus que la première : Enfin c'était bien le plus cruel enfant qui fut jamais et qui donna le plus de peine à élever. Mais revenons à notre Histoire.

Le Désir après quelques jours de mariage, ayant jeté les yeux sur la Bonté sa belle-sœur, qu'il n'avait pas encore bien considérée à cause de la grande passion qu'il avait eue d'abord pour sa femme, mais qui commençait un peu à se refroidir ; l'ayant, dis-je, regardée de plus près, il remarqua en elle mille agréments et mille perfections qui le touchèrent sensiblement : surtout il fut charmé de son humeur douce, complaisante et officieuse[1], qui n'aimait qu'à faire du bien, et dont il y avait lieu d'attendre plus de secours dans les besoins et dans les rencontres fâcheuses de la vie, que de la Beauté sa sœur, qui semblait n'être née que pour la joie, et qui en effet ne se connaissait point du tout à prendre part aux afflictions. Il la reconnut patiente et généreuse, jusqu'à obliger ceux-mêmes qui l'avaient offensée ; en quoi elle était fort différente de la Beauté, qui bien loin de souffrir des mépris, se fâchait quand on ne la cajolait pas assez galamment. Enfin il jugea que si dans la possession de la Bonté, on ne goûtait pas des

1. Courtoise, prompte à rendre service (« Un homme officieux gagne le cœur de tout le monde », Furetière).

plaisirs si sensibles[1] ni si touchants qu'en celle de la Beauté, on en recevait assurément de plus tranquilles et de plus durables ; épris de tant de perfections et de tant d'aimables qualités, il lui découvre les sentiments qu'il avait pour elle ; la Bonté qui était facile[2], et qui ne pouvait refuser ceux qui la priaient de bonne grâce, lui accorda volontiers ce qu'il souhaitait, et le reçut pour son mari ; de leur alliance naquit l'Amitié, qui fut les délices, et la joie de tout le monde ; il est vrai que durant son premier âge, elle ne fut pas si gentille, ni si agréable que l'avait été l'Amour ; mais lorsqu'elle commença d'être un peu grande elle parut si belle, qu'elle fut désirée et recherchée de tous ceux qui la virent. On tâchait de la mettre de toutes les parties que l'on faisait, et une compagnie ne semblait pas complète, ni en disposition de se bien divertir, si elle manquait à s'y rencontrer. [...] Il est vrai qu'elle donnait sujet à toutes sortes de personnes de se louer de sa conduite, et qu'elle était aussi sage, et aussi discrète, que l'Amour était fou et emporté : aussi son père qui le reconnut dans plusieurs rencontres[3] se plaignait souvent à elle des déplaisirs que son frère lui donnait, et lui en faisait souvent confidence pour en recevoir du conseil, et de la consolation.

Voilà, Monsieur, comme je leur en fis l'histoire qui fait voir non seulement que l'Amour et l'Amitié sont frère et sœur, mais aussi que l'Amour est l'aîné.

Il n'y pas si loin de cette allégorie à un conte en prose : il suffit d'ôter aux trois personnages leur vêtement allégorique en les douant de traits mieux indi-

1. Vifs.
2. Un jeu de mots n'est pas ici à exclure, « facile » signifiant à la fois « accommodante » et « faible ».
3. Qui prit conscience de cette différence dans plusieurs occasions.

vidualisés et d'affabuler quelques péripéties pour obtenir une manière de conte, à la façon de *Riquet à la Houppe* — dont la moralité délivre un sens allégorique suggéré dans la narration elle-même (ci-dessus, p. 104). On rapprochera cette allégorie du poème *La Peinture* (« Folio classique » p. 219-238), où Poésie et Peinture sont données comme deux sœurs, la première étant l'aînée... ; ainsi que de l'explication également allégorique de la présence de « moralités galantes » sous les apologues d'Ésope dans *Le Labyrinthe de Versailles* (*ibid.*, p. 239-241).

3. PERRAULT CONTEUR BURLESQUE

Au sortir du collège, Perrault se livra, comme on ferait ses gammes, à l'un de ces exercices de travestissements burlesques mis à la mode par Scarron : très irrévérencieux à l'égard de la culture humaniste des collèges, le jeu consiste à transposer un grand texte antique du registre héroïque qui était originellement le sien dans un registre grossier et volontiers scabreux ; le premier essai fut collectif comme le révèlent les *Mémoires*, qui laissent entendre que la parodie familiale fut antérieure aux réalisations de Scarron : « Dans ce temps-là vint la mode du burlesque. M. Beaurain [le camarade de Charles, voir ci- dessus, p. 159], qui savait que je faisais des vers, mais jamais n'avait pu en faire, voulut que nous traduisions le sixième livre de l'*Énéide* en vers burlesques. Un jour que nous y travaillions et que nous en étions encore au commencement, nous nous mîmes à rire si haut des folies que nous mettions dans notre ouvrage que mon frère, celui qui fut depuis docteur de Sorbonne, [...] vint savoir de qui nous riions. Nous le lui dîmes, et comme il n'était encore que bachelier, il se mit à travailler avec nous et nous aida beaucoup. Mon frère le médecin, qui sut à quoi nous nous divertis-

sions, en voulut être ; il en fit même plus lui seul, à ses heures de loisir, que nous tous ensemble » (*Mémoires*, éd. cit., p. 113 *sq.*).

Ce premier essai fut suivi en 1653 des *Murs de Troie ou l'origine du burlesque*, travestissement d'Ovide, où les frères Perrault s'associèrent également Beaurain ; la critique des auteurs antiques y est plus précise, et préfigure la dévalorisation systématique des dieux et des héros de la mythologie grecque à laquelle Charles se livrera trente ans plus tard dans les textes liés à la Querelle (voir ci-dessous, p. 180).

PARODIE EN VERS BURLESQUES DU SIXIÈME LIVRE DE L'*ÉNÉIDE*, AVEC LA COLLABORATION DE SES FRÈRES NICOLAS ET CLAUDE (*CA.* 1644) : LE SUICIDE DE DIDON

Pour apprécier à sa juste saveur la parodie en vers burlesques du sixième livre de l'*Énéide*, mieux vaut se mettre d'abord en mémoire la version originale du suicide de Didon dans Virgile : parvenu aux Enfers et en ce « Champ des pleurs » qui est le refuge de ceux dont « le dur amour a rongé le cœur de son poison impitoyable », Énée retrouve celle qu'il avait autrefois délaissée, la Phénicienne Didon, « sa blessure encore fraîche, errant dans les grands bois » ; « dès que le héros troyen fut près d'elle et la reconnut dans l'obscurité, ombre pâle, comme aux premiers jours du mois où l'on croit voir se lever la lune à travers les nues, il se prit à pleurer et lui dit d'une douce voix d'amour : "Malheureuse Didon, on ne m'avait donc pas trompé ; tu n'étais plus, et le fer à la main, tu avais été jusqu'au bout de ton désespoir ? J'en jure par les astres, par les dieux d'en haut, par tout ce qu'il y a de plus sacré dans ces profondeurs de la terre, reine, c'est malgré moi que je me suis éloigné..." ».

Voici maintenant l'épisode au terme de son travestissement burlesque.

Didon la pauvre reine ensuite
Sortit d'une grande forêt.
Ænée approchant de plus près
Eut de la peine à la connaître,
Ainsi que quand on voit paraître
Ou que l'on croit voir le croissant
Lorsqu'il est encore naissant.
Or le bonhomme à cette vue
Pleura sentant son âme émue
Des sentiments de l'amitié
Et lui dit rempli de pitié :
Il n'est donc que trop vrai, pauvrette,
Ce que j'ai lu dans la gazette
De la nouvelle de ta mort ?
Sinon que l'on m'en blâme à tort,
Je crois bien que j'en suis la cause ;
Mais on se trompe en une chose
Et le monde est bien médisant
Qui par malice va disant
Que je t'ai donné la v...[1],
Car je te donne ma parole
Et je te jure par les Dieux
(Si c'est mal juré dans ces lieux)
Je dis que le diable m'emporte
Si du mal dont Didon est morte
Ænéas n'est plus innocent
Que l'enfant encor naissant.
Si ce n'est comme dit Virgile
Que pour m'avoir vu faire gille[2]
Sans adieu ni sans compliment,
Tu t'en affligeas tellement
Que cet ennui tant fus nice[3]
Enfin te donna la jaunisse,

Cité par M. Soriano dans son édition des *Contes*, GF-Flammarion, 1991, p. 49-51.

1. Les auteurs laissent au lecteur le soin de substituer le mot complet, appelé par la rime : *vérole.*

2. *Faire gille* : s'enfuir.

3. « Vieux mot qui signifioit *simple et niais*. On l'employe encore dans le Burlesque. Cette fille me sembloit *nice* ou niaise. Ce mot venoit de *nescius, ignorant* » (Furetière).

Que pour adoucir tes douleurs
Et guérir tes pâles couleurs
Un charlatan te fit résoudre
De prendre de l'acier en poudre,
Dont avalant à trop grands traits
Tu serais allée *ad patres*,
Et de là vient par aventure
Que par malice ou méprenture
L'on dit que de ta propre main
Tu t'es mis le fer dans le sein.

On peut lire cette *Énéide burlesque* comme une fantaisie de potache, et par endroits comme un pamphlet politique contre la politique de Mazarin aussi bien (une « mazarinade ») : l'atteinte à l'autorité des Anciens accompagne à cette date la contestation de l'autorité politique (la « Fronde ») ; mais on peut être également sensible aux ressorts d'un comique qui n'est pas si éloigné de l'enjouement des contes : plaisir de l'anachronisme, recours à des tournures populaires ou au répertoire enfantin, les *Contes* les plus tardifs de Perrault garderont quelques traits de ce burlesque conçu comme un art de l'écart, et peut-être, comme on en a fait l'hypothèse (p. 90), une tonalité continûment parodique (« à la manière de... »).

LES MURS DE TROIE
OU L'ORIGINE DU BURLESQUE (1653)

Faut-il séparer cette veine burlesque du goût galant pour l'allégorie ? Un passage au moins des *Murs de Troie* fait la preuve qu'une allégorie peut venir enchanter la narration en vers burlesques — et on est proche alors du traitement du second épisode de *La Belle au bois dormant*. L'extrait suivant décrit l'attitude d'un des personnages de la fiction burlesque : Dilucule, autrement dit « le Point du Jour », fruit des amours de la Nuit et du Jour.

[II] Fait retentir tous les échos
De coucous, de coquericos,
Et de mille autres cris encore
Dont il va réveillant l'Aurore :
Souvent grimpe sur un ormeau,
Avec le vent de son chapeau
Il éteint toutes les chandelles
Qui sont aux voûtes éternelles :
Ensuite il ouvre les volets
Et les contrevents du palais :
Et durant que la belle Aurore
Nettoie le plancher de Flore
Avec le balai d'Aquilon,
Il s'escrime d'un goupillon,
Ou bien du goulet d'une équerre
Pour abattre un peu la poussière.

Les Murs de Troie..., éd. moderne par Y. Saupé, Tübingen, Gunther Narr Verlag, Biblio 17, 2001, p. 85. D.R.

4. PERRAULT FABULISTE

Une bonne part de la production littéraire de Perrault est à lire comme un dialogue obstiné et parfois critique avec l'œuvre de La Fontaine : les *Histoires du temps passé*, redisons-le, viennent défier le La Fontaine des *Contes*, en reportant les principes esthétiques qui présidaient aux deux recueils des *Fables* (1668 et 1678) sur le genre qui avait eu d'abord les faveurs du protégé de Fouquet mais qui était à cette date bien décrié. Au vrai, Perrault a écrit des fables sa vie durant, avant de trouver dans le conte l'équivalent « moderne » de l'apologue.

Le lecteur pourra lire dans l'édition « Folio classique » (p. 239-257) le premier essai de Perrault dans le genre de la fable : un *Labyrinthe de Versailles* qui compte trente-neuf fables, conçues en référence aux fontaines représentant les fables d'Ésope dessinées par Le Brun et placées en 1672 aux carrefours du labyrinthe de Versailles, lequel avait été conçu par Le Nôtre en 1664. Dans ses fonctions officielles de « pre-

mier commis », Perrault collabora avec Le Brun au réaménagement du Labyrinthe, chacune des statues comportant, gravé en lettres d'or sur une plaque de bronze noir, un quatrain de Benserade, ami de Perrault, « expliquant la fable et donnant la moralité ».

Perrault donna séparément non pas exactement des fables, mais des « moralités » sur les sujets fournis par ce labyrinthe, rivalisant de concision avec Ésope comme avec Benserade. Ces « moralités galantes » en vers sont exactement dans le goût qui sera celui des « moralités » des *Contes*, et tendent à annexer le genre ésopique à la poésie galante ; la Préface s'en explique galamment par une allégorie (p. 239-240), où Apollon et l'Amour se disputent non la paternité du Labyrinthe, mais *l'autorité* sur lui — allégorie qui enveloppe les rapports entre la tradition ésopique et la tradition galante. La compétition entre la sagesse du vieux fabuliste et les alertes leçons de l'Amour est aussi une querelle entre un Ancien et un Moderne.

Mais dans le face à face de la statue d'Ésope et de celle de l'Amour, il n'est pas interdit de voir aussi comme une allégorie seconde des relations que Perrault entretient avec La Fontaine (voir Essai, p. 74 *sq*).

Pour achever de se convaincre que « le conteur, chez Perrault se double aussi d'un fabuliste » tout comme « le fabuliste, chez La Fontaine, se doublait d'un conteur » (J.-P. Collinet, p. 295), on rapprochera les fables du *Labyrinthe* de la traduction par Perrault des *Fables* de Faërne, qui fait presque immédiatement suite à la publication des *Contes*. Ce recueil de cinq livres comptant vingt fables chacun est donné par Perrault comme un ouvrage pédagogique, à destination des pensionnaires de l'institution dirigée par l'abbé Dangeau. La dédicace de l'ouvrage précise que le projet de traduction fut longtemps ajourné : « Le livre de Gabriel Faërne qui en est l'auteur m'étant tombé entre les mains il y a quelque temps, l'élégance

et la finesse de son style me plurent si fort que je ne pus m'empêcher d'en traduire cinq ou six fables, pour voir si l'on pouvait leur donner en notre langue la même grâce qu'elles ont en latin. Je connus que la chose n'était pas possible, parce que la brièveté et la clarté, qui chez les Grecs et les Romains faisaient toute la beauté d'une narration ne suffisent pas pour charmer les Français d'aujourd'hui, qui non contents du nécessaire, veulent trouver encore dans ces sortes d'ouvrage de la vivacité et quelquefois de la plaisanterie qui les surprennent. Je laissai donc là ma traduction. »

Perrault s'est visiblement émancipé au lendemain de la disparition de La Fontaine (1695), et sous couvert de pédagogie (« Il me vint à l'esprit que, si j'achevais la traduction des *Fables* que j'avais commencée, il pourrait arriver qu'elles entreraient dans le nombre des choses qui doivent servir à leur instruction, et que la moralité de ces *Fables* pourrait contribuer à former en eux cet esprit de prudence dont vous les [*i.e.* les pensionnaires] animez »), il prétend bien donner enfin son recueil de *Fables*, en adaptant un auteur « moderne » (s'il écrit en latin, Faërne est un auteur italien du XVIe siècle). En rappelant que Faërne ignorait les fables de Phèdre, l'Avertissement sur lequel s'ouvre la traduction de Perrault fait du volume une ultime pièce à verser au dossier de la Querelle.

TRADUCTION DES *FABLES* DE FAËRNE, AVERTISSEMENT

Ch. Perrault, trad. des *Fables* de Faërne citée d'après *Lettres choisies de Messieurs de l'Académie française sur toutes sortes de sujets, 3e éd., avec la traduction des Fables de Faërne par M. Perrault*, Paris, J.-B. Coignard, 1725, p. 393-467 (p. 396-397 pour l'Avertissement).

Le pape Pie IV, persuadé que la lecture des *Fables* d'Ésope était d'une grande utilité pour former les mœurs de jeunes enfants, ordonna à Gabriel Faërne qu'il connaissait pour un excellent poète et pour un homme qui avait le goût de la belle et élégante latinité, de mettre ces *Fables* en vers latins, afin que les enfants apprissent en même temps et dans un même livre

la pureté des mœurs et la pureté du langage. Après sa mort, son ouvrage fut dédié au cardinal Charles Borromée. Ces circonstances doivent donner une bonne opinion de la manière dont Faërne a traité ces *Fables* et ôter tout soupçon qu'elles contiennent rien qui blesse la pudeur : ce qu'on ne peut pas dire de tous les livres de cette nature.

La beauté du style dont Faërne a écrit ces *Fables* l'a fait nommer le « second Phèdre », quoiqu'il n'en ait jamais vu les ouvrages, qui ne sont venus à notre connaissance que plus de trente ans après sa mort [...], au commencement de ce siècle.

Monsieur de Thou qui fait dans son *Histoire* une mention fort honorable de notre auteur, prétend que Phèdre ne lui a pas été inconnu, et même il le blâme de l'avoir supprimé pour cacher les larcins qu'il lui a faits ; mais ce qu'il avance n'a aucun fondement et ne peut lui avoir été suggéré que par la forte persuasion où sont tous les amateurs outrés de l'Antiquité, qu'un auteur moderne ne peut rien faire d'excellent, s'il n'a un auteur ancien pour modèle. Des cent fables que Faërne a mis en vers latins, il n'y en a que cinq que Phèdre ait traitées ; et de ces cinq, il n'y en qu'une ou deux où la manière de les traiter soit un peu semblable, ce qui n'est arrivé que par l'impossibilité qu'il y a que deux personnes qui travaillent sur un même sujet ne se rencontrent pas quelquefois dans les mêmes pensées ou dans les mêmes expressions.

Quoique ma traduction soit fort exacte, hors en quelques endroits où j'ai cru pouvoir m'en dispenser, et qu'elle ait la brièveté et la clarté si recommandables dans une narration, je n'ai garde de l'oser comparer, ni même leur original, aux *Fables* de M. de La Fontaine : les nôtres ressemblent à un habit d'une bonne étoffe, bien

taillée et bien cousue, mais simple et toute unie ; les siennes ont quelque chose de plus, et il y ajoute une riche et fine broderie qui en relève le prix infiniment.

Cet Avertissement comme la dédicace révèlent que fables et contes sont étroitement associés dans l'esprit de Perrault : recours au merveilleux, mise en scène d'animaux, présence de moralités, destination pédagogique ; le frontispice du recueil a manifestement été conçu pour rappeler la gravure de l'édition Barbin des *Contes* (une femme tenant à la main la tête d'un animal, d'autres animaux se trouvant autour d'elle, et devant elle, des enfants qui l'écoutent avidement, et en bas ces mots : « *La fable a des charmes si doux / Pour ces jeunes enfants dont l'âme est innocente, / Que même sous la forme et des ours et des loups, / Son simple récit les enchante* [...] »). Parmi les cent brefs apologues traduits de Faërne, on a ici retenu trois des huit fables déjà « moralisées » par Perrault dans le *Labyrinthe de Versailles* — et un chat dont on ne sait plus s'il est celui de La Fontaine ou celui des *Contes*.

LES RATS ET LE CHAT (III, 15)

Une troupe de rats qu'un gros chat désolait,
Au haut d'une maison sages se retirèrent,
Et là si bien se retranchèrent,
Que le chat plus ne le [s] troublait ;
Mais comme à mal penser le chat toujours
  s'amuse,
Il s'avisa d'une maligne ruse ;
Contre le mur il se pendit
Par les pieds de derrière au bout d'une cheville,
Et comme un mort il s'étendit.
Je vois bien ton corps qui pendille
Dit un sage rat qui le vit ;
Mais si fortement je t'abhorre
Et je crains tant d'être pris au collet,

Que quand tu serais un soufflet,
Je ne m'y fierais pas encore.
Sagement fait qui craint d'être trompé ;
Mais souvent quoiqu'on craigne, on se trouve attrapé.

LE CORBEAU ET LE RENARD (III, 15)

Sur le haut d'un chêne, un corbeau
Tenait dans son bec un fromage ;
Quel est ce merveilleux oiseau
Que je vois là sur ce branchage ?
Dit un renard ; qu'il est grand, qu'il est beau !
Rien n'approche de son plumage ;
Aux moindres rayons du soleil,
Il prend mille couleurs d'un éclat sans pareil.
Aimable oiseau, je vous salue ;
Si vous charmez l'ouïe aussi bien que la vue,
Je vous tiens le plus beau des habitants de l'air,
Sans même en excepter l'oiseau de Jupiter.
L'oiseau pipé fit son ramage,
Et laissa tomber son fromage.
Corbeau, dit aussitôt le renard qui le prit,
Vous avez tout hors de l'esprit.
Louer en face est une lâche ruse,
Et pour s'y laisser prendre, il faut être bien buse.

LE RENARD ET LE BUSTE (I, 9)

Chez un comédien, un vieux renard entré
Regardait curieux son comique équipage :
Un masque il y trouva, fait sur son beau visage
Fort aimable et fort à son gré.
Il le prend, il le met. L'apparence en est belle,
Dit-il, mais par malheur, il n'a point de cervelle.
Une beauté n'a que de vains appas,
Quand l'esprit ne l'anime pas.

Le recueil demanderait une étude systématique, qui mette au jour le travail de récriture auquel se livre Perrault moins sur le texte latin de Faërne que sur les

deux recueils des *Fables* de La Fontaine — en même temps que sur ses propres apologues du *Labyrinthe de Versailles*. L'exercice est par exemple l'occasion pour le partisan des Modernes de donner enfin sa version de l'apologue du *Paysan et Jupiter* (V, 13) à laquelle la Préface des contes en vers faisait déjà allusion (voir ci-dessus, p. 77). Le « parallèle » nourrirait une autre confrontation : celle qui rapporterait un peu précisément ces *Fables* de Faërne aux *Contes* presque contemporains et partageant avec elles bien des thèmes, sinon des traits précis (la moralité de la dernière fable citée consonne par exemple avec celle de *Riquet à la Houppe*).

5. PERRAULT POLÉMISTE

La lecture à l'Académie du *Siècle de Louis le Grand*, le 27 janvier 1687, donna le coup d'envoi de l'épisode le plus violent de la Querelle des Anciens et des Modernes, qui devait occuper Perrault quinze ans durant : le lecteur en trouvera le texte intégral dans le volume « Folio classique » de *La Querelle des Anciens et des Modernes* (éd. cit., p. 361-380). On a vu plus haut (p. 161), avec l'extrait correspondant des *Mémoires*, la réaction de Boileau, et les réflexions de Racine et Longepierre. La Fontaine ne laissa pas non plus la provocation sans réponse : on lira sa pétition d'indépendance dans une épître en vers adressée à Huet quelques jours à peine après la séance de l'Académie et imprimée la même année : « [...] Souvent à marcher seul j'ose me hasarder. [...] Mon imitation n'est point un esclavage : / Je ne prends que l'idée, et les tours, et les lois / Que nos maîtres suivaient eux-mêmes autrefois (*À Mgr l'évêque de Soissons, O.C.*, Gallimard, coll. « Bibliothèque de la Pléiade », t. II, p. 647). Pour mieux saisir le versant politique du débat, on méditera encore l'ultime tercet d'un sonnet

de Benserade dédié à Perrault : « Où d'Auguste en serait la mémoire aujourd'hui, / Si trop respectueux Virgile pour Homère / Eût fait difficulté de paraître après lui ? »

Le *Parallèle des Anciens et des Modernes*, dont la parution s'étale de 1688 à 1697, est sans conteste le « grand œuvre » de Perrault et la pièce qu'il voulait décisive dans la Querelle ; du maquis que constituent ces quatre forts volumes, se dégage une thèse assez nette quant à l'existence d'un progrès continu des arts. Le tome III consacré à la « poésie » (1692) peut ainsi promouvoir trois genres spécifiquement modernes que sont les opéras (Quinault et Lulli), les poésies galantes (de Voiture à Benserade) et le burlesque (le *Virgile travesti* de Scarron contre *Le Lutrin* de Boileau). On a tenté de montrer, dans l'Essai, que la formule des *Contes* associait précisément les trois veines — en conjuguant recours au merveilleux (comme l'opéra), tonalité galante (par les moralités) et effets parodiques.

LE « MERVEILLEUX MODERNE » ET L'OPÉRA

Contre l'opinion d'Aristote et d'Horace, qui blâmaient tout recours au merveilleux, en bannissant le *deus ex machina*, contre l'avis des doctes défenseurs des Anciens (qui regardent les opéras comme « des tragédies follement outrées, et où l'on ne voit que des apparitions continuelles de divinités qui descendent du ciel, qui sortent de la mer »), la tragédie lyrique ou opéra est saluée comme le « genre du pur merveilleux », genre tout moderne mais que l'abbé, porte-parole de Perrault, rapproche incidemment des « contes de vieilles comme celui de *Psyché* » (une formule dont la préface des *Contes* en vers se souviendra).

Parallèle des Anciens et des Modernes, t. III, p. 283 (Slatkine Reprints 1979).

Dans un opéra, tout doit être extraordinaire et au-dessus de la nature. Rien ne peut être trop

fabuleux dans ce genre de poésie ; les contes de vieille comme celui de Psyché en fournissent les plus beaux sujets et donnent plus de plaisir que les intrigues les mieux conduites et les plus régulières [...]. Ces sortes de fables [...] ont le don de plaire à toutes sortes d'esprits, aux grands génies de même qu'au menu peuple, aux vieillards comme aux enfants ; ces chimères bien maniées amusent et endorment la raison, quoique contraires à cette même raison, et la charment davantage que toute la vraisemblance imaginable.

Le débat sur le merveilleux porte aussi sur l'évaluation des mérites d'Homère et la valeur de ses hyperboles : le « merveilleux moderne » des contes de fées est jugé plus « raisonnable » que le style du poète épique grec. Le passage suivant offre, avec la mention des *Contes de Peau d'Âne*, un premier canevas du *Petit Poucet* — cinq ans avant la publication des *Histoires du temps passé*.

L'ABBÉ : Longin[1] rapporte comme une chose admirable l'endroit où Homère dit dans la description qu'il fait de la Discorde qu'elle a la tête dans le Ciel et les pieds sur la terre. Et ce qu'il dit dans un autre endroit, qu'autant qu'un homme assis au rivage voit d'espace dans les airs, autant les chevaux des Dieux en franchissent d'un saut. Longin admire ces deux hyperboles [...]. *Ibid.*, p. 118 *sq.*

LE CHEVALIER : Je ne vois pas quelle grandeur d'esprit il y a dans cette pensée. Cela me fait souvenir d'un jeune garçon fort amoureux des romans de chevalerie. Il me vint trouver un matin, charmé d'avoir lu dans *Primaléon de Grèce* qu'un chevalier pressé par un géant avait

1. Le rhéteur grec, auteur d'un *Traité du sublime* dont Boileau avait donné une traduction et qui était au cœur de tous les débats littéraires du temps.

fait un saut de dix-huit pieds en l'air. Ô le beau livre ! s'écriait-il. Qu'en dites-vous ? Un saut de dix-huit pieds ! Le lendemain, il vint me retrouver encore plus transporté de joie. J'ai trouvé, me dit-il, un chevalier dans *Palmerin d'Olive*, qui a fait un saut de vingt-deux pieds. Qu'on ne me parle plus de *Primaléon de Grèce*, je l'ai jeté au feu. Si ce jeune garçon s'était adonné à la critique des Anciens auteurs, je crois qu'il aurait damné le pion à Longin, de la manière qu'il avait le goût tourné. Voilà une chose bien malaisée que de faire des exagérations de la nature que celle que Longin donne pour des modèles du sublime. La première de ces exagérations ne saurait faire une image bien nette dans l'esprit.

LE PRÉSIDENT : Pourquoi ?

LE CHEVALIER : C'est que tant qu'on pourra voir la tête de la Renommée, sa tête ne sera point dans le ciel, et que si sa tête est dans le ciel, on ne sait pas bien ce que l'on voit. Pour l'autre hyperbole, elle n'a été imitée que par ceux qui ont fait des contes de Peau d'Âne où ils introduisent de certains hommes cruels, qu'on appelle des Ogres, qui sentent la chair fraîche et qui mangent les petits enfants ; ils leur donnent ordinairement des bottes de sept lieues, pour courir après ceux qui s'enfuient. Il y a quelque esprit dans cette imagination. Car les enfants conçoivent ces bottes de sept lieues comme de grandes échasses avec lesquelles ces Ogres sont en moins de rien partout où ils veulent ; au lieu qu'on ne sait comment s'imaginer que les chevaux des dieux fassent d'un seul saut une si grande étendue de pays. C'est à trouver de beaux et de grands sentiments que la grandeur d'esprit est nécessaire, et se fait voir ; et non pas à se former des corps d'une masse démesurée ou des mouvements d'une vitesse inconcevable.

LES « GRÂCES » DU BURLESQUE

Nombre de pages du *Parallèle* sont consacrées à réhabiliter le burlesque contre « l'aversion qu'un des satiriques modernes [Boileau] lui a témoignée dans son *Art poétique* » ; Perrault défend le principe d'un « burlesque fait pour divertir les honnêtes gens » et distingue deux espèces de travestissement (le burlesque *stricto sensu*, celui du *Virgile travesti* de Scarron ou de l'*Énéide* en vers burlesques, qui prête à de hauts personnages le langage du peuple, préférable au procédé symétrique, l'héroï-comique qui prévaut dans *Le Lutrin*, où selon le mot de Boileau « une horlogère et un horloger parlent comme Didon et Énée »).

Il y a un burlesque qui n'est point effronté, qui ne parle point le langage des halles, quoiqu'il se serve quelquefois d'expressions un peu populaires ; il y a un burlesque qui a ses grâces et ses beautés, tel celui de l'auteur du *Virgile travesti*. [...] Celui-là a toujours senti son galant homme, et a toujours eu l'air de la Cour et du beau monde.

Ibid., p. 292 *sq.*

[Le burlesque], qui est une espèce de ridicule, consiste dans la disconvenance de l'idée que l'on donne d'une chose d'avec son idée véritable, de même que le raisonnable consiste dans la convenance de ces deux idées. Or cette disconvenance se fait de deux façons, l'une en parlant bassement des choses les plus relevées, et l'autre en parlant magnifiquement des choses les plus basses.

Le burlesque du *Virgile travesti* est une princesse sous les habits d'une villageoise, et le burlesque du *Lutrin* est une villageoise sous les habits d'une princesse, et comme une princesse est plus aimable avec un bavolet qu'une villageoise avec une couronne, de même les

choses graves et sérieuses cachées sous des expressions communes et enjouées donnent plus de plaisir que ne peuvent donner les choses triviales et populaires sous des expressions pompeuses ou brillantes.

« GALANTERIE » DE LA FONTAINE

Il y a donc pour Perrault un burlesque galant (la locution ne fait pour lui nullement oxymore), associé aux noms de Voiture, Sarrasin, Benserade, mais aussi à celui de La Fontaine (le passage sur l'auteur des *Fables* vient aussitôt après le développement sur le burlesque).

La galanterie est d'abord définie négativement, par le personnage du Président (adversaire des Modernes) : « Quand on voudra rire qu'on rie ; quand on voudra parler sérieusement, qu'on parle sérieusement ; mais qu'on ne s'avise pas de vouloir faire l'un et l'autre tout ensemble » ; telle est précisément l'originalité de cette galanterie « inconnue des Anciens », qui consiste à parler indifféremment de tout avec un égal enjouement Car « poésie galante » ne signifie nullement poème amoureux.

Il y a des poésies galantes où l'amour n'a aucune part, et ce qui s'appelle ici galanterie n'est pas toujours un certain badinage dans les paroles qui cachent une passion sous des apparences de raillerie. Elle comprend toutes les manières fines et délicates dont on parle de toutes choses avec un enjouement libre et agréable ; en un mot, c'est ce qui distingue particulièrement le beau monde et les honnêtes gens d'avec le menu peuple ; ce que l'élégance grecque et l'urbanité romaine ont commencé, et que la politesse des derniers temps a porté à un plus haut degré de perfection. Combien d'ouvrages où il n'est point question d'amour ne

Ibid., p. 286 *sq.*

laissent pas de plaire infiniment parce qu'ils sont de ce tour ingénieux et fin qu'on appelle galant ?

Des fables de La Fontaine comme poèmes galants, il est dit non sans paradoxe qu'ils sont « sans exemple parmi les Anciens » — mais nullement qu'ils restent sans imitateurs parmi les Modernes, tout particulièrement parmi ceux qui savent se mettre à l'écoute des « fables que les mères et les nourrices content en bon français à leurs enfants »...

LE CHEVALIER : Que dites-vous des ouvrages de Monsieur de La Fontaine, ne les trouvez-vous pas d'un nouveau genre de Poésie, qui n'a point de modèle parmi les Anciens ?

Ibid., p. 303.

L'ABBÉ : Assurément. On a beau vanter le sel attique, quelque fin et piquant qu'il soit, il est de la même nature que tous les autres sels, et n'en diffère que du plus au moins ; mais celui de Monsieur de La Fontaine est d'une espèce toute nouvelle, il y entre une naïveté, une surprise et une plaisanterie d'un caractère qui lui est tout particulier, qui charme, qui émeut, et qui frappe d'une tout autre manière. Quand il commence ainsi la fable du « Renard et des Mûres » :

Certain Renard gascon,
d'autres disent normand

Quel plaisir ce vers ne fait-il point à l'imagination. Comme la feinte indifférence que le Renard témoigne pour les fruits où il ne peut atteindre, peut venir aussi bien de prudence que de fierté, cette circonstance pouvait-elle s'expliquer plus agréablement et plus poétiquement que par le doute, où il dit qu'il est, si ce Renard est gascon ou normand ? Vous ne trouverez rien de ce caractère-là chez les Anciens. [...]

Le président : Peut-on dire que les *Fables* de Monsieur de La Fontaine soient comparables à celle de Phèdre, le plus agréable et le plus élégant conteur de fables qui ait jamais été ?

Le chevalier : Quelque élégant que soit Phèdre, sa manière de narrer n'a rien d'extraordinaire et n'est point d'une autre espèce que celle de tous les autres conteurs de fables, mais celle de Monsieur de La Fontaine est toute nouvelle et toute particulière, et c'est de quoi il s'agit présentement. Il est vrai que Phèdre parle bien latin, mais est-ce une si grande merveille à un homme du siècle d'Auguste ? Ne voit-on pas tous les jours des mères et des nourrices qui content à leurs enfants les mêmes fables en bon français ?

L'abbé : Phèdre narre très agréablement, mais il faut convenir qu'il avait peu de goût pour le choix des fables qu'il voulait traiter. Il y en a de si froides que des enfants de dix à douze ans à qui je les faisais lire ne les pouvaient souffrir. [...] Je pourrais vous en fournir quinze ou seize qui sont insoutenables. Je vais vous en dire deux ou trois dont il me souvient : il raconte qu'un renard ayant trouvé un de ces masques dont les comédiens se servaient autrefois, il dit voilà un beau visage, c'est dommage qu'il n'a point de cervelle. Dans Ésope c'est un singe qui trouve une tête chez un sculpteur, et qui dit : voilà une belle tête, c'est dommage qu'elle n'ait point de cervelle. La chose va fort bien de la manière qu'Ésope la raconte, parce qu'une tête est faite pour avoir de la cervelle ; mais il n'y a nul sel à le dire d'un masque ou d'un visage qui ne sont point faits pour en avoir, et à qui ce n'est point un reproche que d'en manquer. Est-ce avoir du goût que d'altérer ainsi une fable ? [...]

Vous ne trouverez point que Monsieur de La Fontaine ait fait de mauvais choix.

LE CHEVALIER : Je commence à être persuadé que les Anciens n'ont fait qu'ébaucher la Poésie et qu'il était réservé aux Modernes d'y mettre la dernière main[1].

De Benserade, le *Parallèle* ne retient que les vers pour les ballets du roi, et non les fables du *Labyrinthe de Versailles* ; la poétique de ces ballets intéresse toutefois l'ensemble de la production galante, si la galanterie est bien, comme la parodie burlesque, la fable ou le conte allégorique, l'art de « donner à entendre deux choses à la fois ».

Ibid., p. 310.

Avant [Benserade] quand on faisait des stances [pour les ballets du roi], sur Jupiter par exemple, qui fait une entrée où il foudroie les Cyclopes, ces Stances ne parlaient que de Jupiter comme Jupiter, et point du tout de la personne qui le représentait : Monsieur de Benserade tourne ses vers de manière qu'ils s'entendent également et de l'un et de l'autre ; et comme c'était ordinairement le roi qui représentait Jupiter, d'autres fois Neptune, quelquefois Mars ou le Soleil, rien n'est plus admirable que la finesse de la louange qu'il lui donne sans s'adresser à lui. Le coup porte sur le personnage et le contrecoup sur la personne, ce qui donne un double plaisir en donnant à entendre deux choses à la fois, qui, belles séparément, deviennent encore plus belles étant jointes ensemble.

6. PERRAULT PORTRAITISTE : AUTOPORTRAIT DU CONTEUR EN FABULISTE

Dans *Les Hommes illustres* (1698), ouvrage conçu comme une « grande galerie » du génie français mo-

1. Sur les fables citées, on se rapportera aux extraits donnés ci-dessus, p. 177 *sq.*

derne, les portraits attendus d'hommes de lettres, comme Racine ou La Fontaine, voisinent avec les éloges d'usage sur les grands personnages comme Richelieu ; mais Perrault prétend embrasser tous les arts, et accueille aussi dans la collection, non sans audace pour l'époque, le graveur Jacques Callot, l'interprète des langues orientales Herbelot, l'astronome Bouillaud, La Quintinie, directeur des jardins fruitiers du roi... Le choix en est dicté par « la seule voix publique qui les a nommés », Perrault s'abstenant toutefois de faire entrer dans sa collection des portraits d'hommes vivants ou de personnalités étrangères. Les authentiques portraits, pris aux meilleurs peintres et graveurs et placés en regard des textes, dispensent en outre le collectionneur d'une description physique : il s'attache au seul « caractère » des individus, dans la tradition de l'éthopée renouvelée aux mêmes dates par La Bruyère.

La Préface rattache encore le volume à l'entreprise du *Siècle de Louis le Grand* : « lorsque le Ciel a résolu de donner à la terre quelque grand prince qui en doit faire l'ornement [...], comme si elle se croyait obligée de parer l'entrée de ce héros dans le monde, elle fait naître avant lui, ou avec lui, une foule d'hommes d'un mérite si extraordinaire pour le recevoir, et pour être ou les instruments de ses grandes actions, ou les ouvriers de sa magnificence, ou les trompettes de sa gloire ».

Le portrait de La Fontaine, donné ici trois ans après la mort du fabuliste, intéresse toujours la Querelle, Perrault faisant du Français le véritable inventeur du genre pourtant hérité de l'Antiquité. L'éloge donne à comprendre à quel point l'auteur des *Contes* a voulu ressembler au poète des *Fables* : « on n'a qu'à substituer le mot *conte* au mot *fable* » — à l'exemple de Perrault lui-même dans la Préface des contes en vers —, « et tout s'applique à lui, avec autant de justesse qu'à celui pour lequel il a été fait » (E.-M. Storer, *La Mode des contes de fées (1685-1700)*, Champion,

1928, p. 108) ; jusque dans le blâme jeté sur les *Contes* trop « libres » du même La Fontaine, on lira ici un autoportrait de Perrault en La Fontaine.

[...] Ses premiers vers se ressentaient comme la plupart de ceux qu'il a faits depuis, de la lecture de Rabelais et de Marot, qu'il aimait et qu'il estimait infiniment. Le talent merveilleux que la nature lui donna, n'a pas été inférieur à celui de ces auteurs, et lui a fait produire des ouvrages d'un agrément incomparable. Il s'y rencontre une simplicité ingénieuse, une naïveté spirituelle, et une plaisanterie originale qui n'ayant jamais rien de froid, cause une surprise toujours nouvelle. Ces qualités si délicates, si faciles à dégénérer en mal et à faire un effet tout contraire à celui que l'auteur en attend, ont plu à tout le monde, aux sérieux, aux enjoués, aux cavaliers, aux dames et aux vieillards, de même aux enfants.

Les Hommes illustres qui ont paru en France pendant ce siècle, avec leur portrait au naturel, La Haye, 1698, t. I, p. 230-232 (éd. D. J. Culpin, Tübingen, Biblio 17, vol. 142, Gunther Narr Verlag, 2003, p 213-215). D.R.

Jamais personne n'a mieux mérité d'être regardé comme original et comme le premier de son espèce. Non seulement il a inventé le genre de poésie où il s'est appliqué, mais il l'a porté à sa dernière perfection ; de sorte qu'il est le premier, et pour l'avoir inventé, et pour y avoir tellement excellé que personne ne pourra jamais avoir que la seconde place dans ce genre d'écrire. Les bonnes choses qu'il faisait lui coûtaient peu, parce qu'elles coulaient de source, et qu'il ne faisait presque autre chose que d'exprimer naturellement ses propres pensées et se peindre lui-même. S'il y a beaucoup de simplicité et de naïveté dans ses Ouvrages, il n'y en a pas eu moins dans sa vie et dans ses manières. Il n'a jamais dit que ce qu'il pensait, et il n'a jamais fait que ce qu'il a voulu faire. Il joignit à cela une humilité naturelle, dont on n'a guère vu d'exemples ; car il était fort humble sans être

dévot, ni même régulier dans ses mœurs, si ce n'est à la fin de sa vie qui a été toute chrétienne. [...]

Il doit son principal mérite et sa grande réputation à ses poésies simples et naturelles. Son plus bel ouvrage et qui vivra éternellement, c'est son recueil des *Fables* d'Ésope qu'il a traduites ou paraphrasées. Il a joint au bon sens d'Ésope des ornements de son invention si convenables, si judicieux et si réjouissants en même temps, qu'il est malaisé de faire une lecture plus utile et plus agréable tout ensemble.

Il n'inventait pas les fables, mais il les choisissait bien et les rendait presque toujours meilleures qu'elles n'étaient. Ses *Contes* qui sont pour la plupart de petites nouvelles en vers sont de la même force, et l'on ne pourrait en faire trop d'estime s'il n'y entrait point presque partout trop de licence contre la pureté ; les images de l'amour y sont si vives qu'il y a peu de lectures plus dangereuses pour la jeunesse, quoique personne n'ait jamais parlé plus honnêtement des choses déshonnêtes. J'aurais voulu dissimuler cette circonstance, mais cette faute a été trop publique et le repentir trop sincère pour n'en rien dire. Il était de l'Académie Française, et lorsqu'il témoigna souhaiter d'en être, il écrivit une lettre à un prélat de la Compagnie, où il marquait son déplaisir de s'être laissé aller à une telle licence, et la résolution où il était de ne plus composer rien de semblable. [...]

7. PERRAULT MORALISTE

De 1694 à sa mort en 1703, Perrault s'est adonné à la composition d'un recueil de « pensées détachées », à la façon de La Bruyère et plus encore de Pascal, dont son frère Nicolas, théologien chassé de la Sorbonne

pour avoir défendu la cause janséniste, était proche (les *Mémoires* de Charles veulent que Nicolas soit à l'origine des *Provinciales*). Le manuscrit, tardivement découvert, comporte à la fois des pensées religieuses, morales ou philosophiques (sur l'âme des animaux, Perrault s'immisçant dans le débat entre Descartes et La Fontaine) et des réflexions esthétiques (dont l'une au moins pourrait bien valoir pour les *Contes* : « ébaucher en peintre et finir en sculpteur ») ; on lui rattache généralement les fragments d'une « collection » plus ancienne de légendes, superstitions et préjugés ou « erreurs » qui attestent l'intérêt (critique) de Perrault pour les croyances populaires.

Pensées chrétiennes (ms. BNF : Fds Frçs 25, 525), texte établi par J. Barchilon et C. Velay-Vallantin, Paris, Seattle, Tübingen, Papers on French Seventeenth Century Literature, Biblio 17, 1987. D.R.

71 — Molière a plus profité à étudier le monde qu'à étudier Térence, et ses lectures lui ont profité qu'autant qu'il les a recuites et digérées par la méditation.

78 — Si le siècle d'Auguste a été si florissant en toutes choses et particulièrement en orateurs, parce qu'il avait le choix de tous les habiles gens qui venaient à Rome, on peut dire que les derniers siècles et particulièrement le nôtre ont un plus grand avantage par le moyen de l'impression[1] qui non seulement nous rend présents tous les beaux esprits qui sont au monde, par leurs ouvrages, mais tous ceux qui ont jamais été.

83 — Les langues modernes sont plus claires et moins sujettes au galimatias que les anciennes.

Néron s'étudiait à parler galimatias en bon latin, et cela serait difficile en notre langue.

87 — Il faut composer en peintre et finir en sculpteur ; c'est-à-dire jeter beaucoup de choses sur le papier d'abord et achever en retranchant toujours. Ébaucher en peintre et finir en sculpteur.

1. Imprimerie.

115 — *À Mr. l'évêque Dacqs [Dax]. 1694*

Je vous envoie, Monseigneur, quelques réflexions que j'ai faites pour confirmer la distinction que vous avez établie entre les effets surhumains et les effets surnaturels.

[...] Des choses qui se peuvent faire par des causes naturelles, il y en a qui excèdent le pouvoir de l'homme. Il y en a qui ne l'excèdent pas. Exciter une tempête, faire pleuvoir, faire tonner et autres choses semblables, sont des effets qui sont produits tous les jours par des causes purement naturelles, mais qui excèdent le pouvoir de l'homme. Ainsi quand un magicien fait tonner ou pleuvoir, on peut dire que cela est surhumain, mais non pas surnaturel ; puisque la nature le fait tous les jours sans qu'il y ait du prodige ni du miracle, et qu'il n'y a aucun inconvénient qu'un être naturel mais plus puissant que l'homme, c'est-à-dire les Anges, bons ou mauvais, produisent ces effets extraordinaires par la connaissance parfaite qu'ils ont des ressorts de la nature, et par la puissance qu'ils ont de les mouvoir.

Il n'en est pas ainsi lorsqu'on voit ressusciter un mort qui commence à pourrir ou rendre la vue à un aveugle-né. On est obligé d'avouer que ce prodige est non seulement surhumain, mais qu'il est surnaturel ; parce qu'il ne suffit pas d'assembler ou de séparer des corps, mais qu'il faut ou en créer de nouveaux, ou faire quelque chose d'équivalent pour rendre la vie ou la vue quand les organes sont entièrement gâtés ou pourris. Il faut alors que la main toute puissante du premier ouvrier intervienne et se serve de ce même pouvoir dont il a tiré du néant toutes choses.

139 — Il y a beaucoup de choses très vraies dont on doute souvent, parce que les faits qu'on rapporte pour les prouver sont faux et cela est

injuste. Cela se voit particulièrement sur le fait des sorciers, des apparitions, des miracles et des possédés. Car il est certain qu'il y a des sorciers, les uns qui ne sont que des empoisonneurs, les autres qui font des choses surnaturelles à l'homme, comme de faire tourner le sang, d'empêcher le beurre de prendre, etc. Pour ce qui est de deviner l'avenir, je doute qu'ils le fassent, car le Diable ne le sait que par conjecture, et un peu mieux que les hommes. Pour ce qui est des devins par horoscopes et figures de nativité, c'est une pure folie. Cependant, comme on fait plusieurs contes de sorciers, il y en a qui concluent de là qu'il n'y a point de sorciers, ce qui est très faux. Il en est de même des apparitions, dont il y en a de très vraies, mais davantage de fausses, que quelques-uns en sont induits mal à propos à douter de la thèse en général. Quelquefois il y a apparence qu'elles se font ou par des anges, ou par des diables, et non point que les âmes des morts reviennent, ce qui pourtant n'est pas impossible. Il en est de même des miracles. Il s'en fait encore aujourd'hui de très véritables, mais qui sont environnés de tant d'autres qui sont faux qu'on doute presque de tous, et qu'on se contente de croire la thèse qui est qu'il s'en fait quelquefois de véritables. Il en est de même des possédés.

142 — *Des superstitions et erreurs populaires.*

Qui pourrait les recueillir toutes ferait le plus gros livre qui fût jamais.

Que c'est un mauvais présage d'être treize à table et qu'il en meurt un dans l'année ; si cela était ainsi, ce serait encore pis d'y être quatorze.

Que de manger des cerneaux avant la Saint-Laurent, cela fait avoir mal aux dents à ceux qui en mangent.

Qu'il y a moins de moëlle dans les os des animaux lorsque la lune est en décours que quand elle est pleine ; qu'il y a plus de chair dans les écrevisses en pleine lune qu'en autre temps, etc. [...]

Quand il pleut à la Saint-Gervais, il pleut quarante jours après. [...]

Que de donner un couteau ou des ciseaux rompt l'amitié et la bonne intelligence.

Qui rit le vendredi pleure le dimanche.

Que la rencontre d'une belette au travers de son chemin est de mauvais augure.

Que le septième garçon né sans aucune fille entre eux guérit des écrouelles, et que la septième fille sans aucun garçon entre elles guérit de la teigne.

Qu'il y a toujours quelque moment au jour du samedi où l'on voit luire le soleil.

Qu'un verre, une porcelaine ou un miroir cassés présage quelque malheur. [...]

Qu'un borgne, qu'un boiteux, qu'un bossu soit plus méchant ou ait plus d'esprit qu'un autre. [...]

Que le chant d'une chouette ou d'une orfraie présage la mort d'un malade.

Que de jeûner le jour de Pâques empêche d'avoir la fièvre pendant toute l'année et jusqu'à l'autre Pâques au moins. [...]

143 — *23 octobre 1702. Paradoxe.*

Qu'il n'est pas utile à tout homme de devenir savant.

Il m'est arrivé de dire à mes enfants une chose qu'aucun père n'a peut-être jamais dite à ses enfants. Prenez garde, leur dis-je, de vous jeter à corps perdu dans l'étude des sciences[1] que vous n'ayez bien examiné si votre esprit est assez fort pour en porter le poids et ne pas succomber, car il en est de la science comme du

1. Toute espèce de connaissance.

vin. On ne doit point prendre de l'un et de l'autre qu'autant que l'on en peut porter et de sorte que l'esprit demeure toujours le maître. Pour connaître l'effet bon ou mauvais que fait la science sur celui qui étudie, il n'y a qu'à voir si dans la conversation il ne peut s'empêcher de citer les passages des auteurs qu'il a lus, car c'est une marque qu'il ne digère pas ce qu'il lit, puisqu'il le rend comme il l'a pris. Il doit alors retrancher quelque chose de ses lectures, ou les quitter, même s'il ne peut s'abstenir de la mauvaise habitude de citer des passages au bon moment. Il est certain en ce cas-là que la science domine et gouverne son esprit, au lieu que son esprit devrait gouverner sa science.

III. LE CONTE MERVEILLEUX EN DÉBAT : ABBÉ DE VILLIERS, *ENTRETIENS SUR LES CONTES DE FÉES* (1699)

Le texte suivant est le premier essai de « critique littéraire » consacré aux *Contes* de Perrault : on le trouve dans un volume publié par l'abbé Pierre de Villiers sous le titre d'*Entretiens sur les contes de fées*. Seule une partie du Deuxième Entretien porte sur les contes, mais si Perrault n'est désigné qu'allusivement, il est clair que les deux interlocuteurs débattent du recueil des *Histoires du temps passé* et de celui des *Contes* en vers, et plus précisément encore de la validité du modèle de l'apologue, sur lequel Perrault a voulu asseoir la légitimité du genre moderne. La réflexion sur le statut allégorique des contes engage aussi une réflexion généalogique, à l'instar de celle proposée par Mlle Lhéritier (voir Essai, p. 51 *sq.*) : doit-on supposer aux contes une autre origine que la tradition des nourrices ? Le débat mis en scène par l'abbé de Villiers permet donc de mesurer le retentissement des inflexions polémiques de la Préface des contes en vers et l'immédiate efficacité du dispositif formé par le frontispice et la dédicace du recueil des *Histoires*.

Entretiens sur les contes de fées, J. Collombat, 1699, Deuxième Entretien, p. 93-110 : « Sur les petites comédies, et principalement sur les contes de fées. » (Les intertitres sont de notre fait.)

LE CONTE COMME FABLE

LE PROVINCIAL : [...] Parlons donc des contes de fées. Vous croyez donc que ces sortes d'ouvrages puissent être bons ?

LE PARISIEN : C'est comme si quand Ésope se

proposa de faire des fables, on eût demandé si un livre de fables pouvait être bon. Avons-nous de meilleurs ouvrages que ceux-là ?

LE PROVINCIAL : Je ne compare point les *Fables* d'Ésope avec les contes de fées. Il a fallu avoir pour ces fables tout l'esprit, toute la délicatesse, tout le bon sens, et même tout le savoir d'un philosophe excellent : mais pour un conte de fées, que faut-il ? il n'y a ni sens ni raison, ce sont des contes à dormir debout, que les nourrices ont inventés pour amuser les enfants.

LE PARISIEN : Vous jugez des contes de fées comme en ont jugé sans doute ceux qui en ont tant composé depuis peu ; ils ont cru qu'il ne fallait dans ces contes ni raison ni sens, et ils ont parfaitement bien réussi à en donner de ce caractère. La plupart même ont oublié ce que vous avez dit, que les contes ont été inventés pour les enfants, ils les ont fait si longs et d'un style si peu naïf, que les enfants mêmes en seraient ennuyés. Mais je réponds à ce que vous dites, qu'il ne faut point comparer les contes de fées avec les fables d'Ésope. Il est vrai que cette comparaison serait ridicule si nous devions juger de ces contes par ceux que nous avons vus. Mais examinons ce que c'est qu'un conte, pourquoi il a été inventé, comment il doit être écrit, et vous verrez qu'il n'est point du tout différent des fables.

DE L'ORIGINE DES CONTES DE FÉES

LE PROVINCIAL : Cependant aucun philosophe et aucun habile homme que je sache, n'a inventé ou composé des contes de fées ; l'invention en est due à des nourrices ignorantes ; et on a tellement regardé cela comme le partage des femmes, que ce ne sont que des femmes

qui ont composé ceux qui ont paru depuis en si grand nombre[1].

LE PARISIEN : [...] Si celles qui ont entrepris d'en composer s'étaient souvenues que ces contes n'ont été inventés que pour développer et rendre sensible quelque moralité importante, on ne les aurait point regardés comme le partage des ignorants et des femmes. [...] Vous oubliez toujours la fin pour laquelle ces contes-là ont été inventés. Vous oubliez que les premiers qui les ont mis en usage ont eu la même fin qu'Ésope, à savoir d'instruire et de corriger.

LE PROVINCIAL : Ce sont pourtant des nourrices et des vieilles qui les ont inventés.

LE PARISIEN : Quand cela serait, je n'en serais pas moins persuadé, qu'ils n'ont été inventés que pour corriger ou pour instruire ; j'admirerais au contraire comment des nourrices n'ayant que les seules leçons de la nature, auraient imaginé ce qui a été inventé par les plus sages des philosophes ; mais croyez-moi, ces contes ont été inventés sur le modèle des fables. On a joint à l'idée qu'on avait déjà des animaux qui parlent et qui raisonnent, les prodiges que racontaient ceux qui avaient fait les voyages d'outre-mer au temps des Croisades[2] ; ou si vous voulez l'idée que quelques philosophes ont eue, que chaque élément était habité par des peuples qui apparaissaient quelquefois aux hommes[3] ; ou si vous l'aimez mieux encore, des divers Génies que les Égyptiens, les Romains, les Grecs et d'autres peuples ont cru. Voilà ce qui a fait imaginer tout ce qu'on attribue aux fées. Les femmes à qui on a donné ce nom, n'étaient d'abord que des espèces de prophé-

1. À cette date, l'allusion vise Mlle Lhéritier, Mme d'Aulnoy, Catherine Bernard.

2. Allusion au traité de Huet sur *L'Origine des romans*.

3. Allusion au *Comte de Gabalis* de Montfaucon de Villars (1670), auquel Villiers fait quelques emprunts.

tesses ; car c'est ce que signifie le nom de fée ; il vient du mot latin *fatum*, ou bien plutôt de l'italien *fata* ; car les Italiens appellent *fata* toute femme qui se mêle de deviner. Ces femmes, dis-je, qui ne passaient d'abord que pour des devineresses, ont été érigées en des espèces de divinités subalternes ; [...] on a mis les fées parmi ces petites divinités ; on leur a donné des talents et des propriétés admirables ; et l'on s'est servi de tout cela pour composer des fables qui fissent plus d'impression sur les esprits qu'on voulait instruire. Que ce sont les nourrices ou d'autres qui s'en soient servies les premières, il est toujours certain qu'on ne les a inventées que pour l'instruction des hommes.

LE PROVINCIAL : Pour moi je crois qu'on ne les a inventées que pour faire peur aux petits enfants, ou pour les divertir.

[...] Ne croiriez-vous point encore, qu'on a érigé certaines femmes en fées, pour marquer par une espèce d'allégorie et de figure, ce que ces femmes-là ont eu de mérite au-dessus des autres. On a dit par exemple, que Mélusine était une fée qui se changeait en serpent certains jours de la semaine : on lui a fait bâtir la fameuse Tour de Lusignan, d'une manière miraculeuse. On dit que quand on abattit cette tour, on l'entendit pousser de longs gémissements. Je crois que tout cela ne veut rien dire autre chose, sinon que Mélusine était une princesse très prudente, et qui par sa prudence s'acquit assez d'autorité pour venir à bout de ses desseins ; qu'elle bâtit une tour pour servir de forteresse à ses peuples, et que cette tour fut abattue contre l'espérance dont cette princesse s'était flattée de rendre sa forteresse imprenable.

LE PARISIEN : Je suis persuadé comme vous, que le conte de *Mélusine* est allégorique : il est arrivé à cet égard ce qui est arrivé à l'égard des

dieux de la Fable [*i.e.* la mythologie]. Saturne, Janus, Jupiter, et la plupart des autres étaient des hommes illustres ; mais qu'on a à la fin érigés en dieux par les allégories sous lesquelles on a exprimé leurs actions et leur caractère ; et c'est aussi ce qui me persuade que tous les contes de fées doivent renfermer par allégorie quelque vérité instructive, comme nous voyons que l'histoire fabuleuse des dieux en renferme. Ainsi il n'y a à mon sens, de bons contes de cette nature, que ceux d'où l'on peut tirer de ces sortes d'instructions, tous les autres me paraissent des puérilités, et ne me plaisent pas plus, quelque merveilleux qu'ils soient, que me plairaient les *Fables* d'Ésope, si Ésope en faisant parler des bêtes, ne s'était proposé que de les faire parler. Ce qu'il y a de merveilleux dans les *Fables* d'Ésope, ce n'est pas qu'on y fasse parler les bêtes ; si l'on s'en était tenu là, ce serait une sottise ; c'est qu'on fasse parler les bêtes pour instruire les hommes.

MORALITÉS LÉGENDAIRES

LE PROVINCIAL : Aussi il me semble qu'il n'y a aucun de ces contes qui ne finisse par quelque maxime ou quelque sentence, qu'on a même, si je ne me trompe, exprimée en vers.

LE PARISIEN : Oui, mais avez-vous toujours trouvé beaucoup de rapport entre les maximes et les contes qui y aboutissent ?

LE PROVINCIAL : J'ai trouvé ces contes si longs et remplis de tant d'aventures, qui avaient entre elles si peu de rapport, que je n'ai pas examiné si elles en avaient toutes avec la moralité qu'on en a tiré.

LE PARISIEN : Vous auriez eu beau vous y appliquer, vous n'auriez jamais trouvé ce rapport aussi juste et aussi naturel qu'il doit être.

LE PROVINCIAL : À ce que je vois, vous voudriez

qu'il y eût une unité dans les contes comme dans les pièces de théâtre ; c'est-à-dire, qu'il n'y eût rien qui ne tendît à la fin qu'on se propose ?

LE PARISIEN : Je voudrais dans les contes ce qui est essentiel à tout ce qui n'est mis en usage que pour instruire ; je veux dire, qu'on se proposât une fin, et que tout servît à la fin qu'on se serait proposée. [...] Je sais bien que l'on manque tous les jours à cette règle, faute d'en être instruit ; et que les faiseurs de contes ne sont pas les seuls ni les plus coupables. C'est bien pis de voir des prédicateurs qui ne savent pas même qu'on ne doit prêcher que pour persuader et pour instruire. [...]

LE PROVINCIAL : [...] Revenons aux contes, je n'aurais pas cru qu'ils dussent nous mener si loin, et qu'on pût passer d'un conte de Fée à des sermons.

LE PARISIEN : Vous voyez par-là, que les manières d'enseigner la morale qui semblent avoir entre elles le moins de rapport, conviennent en une chose qui est l'instruction.

LE PROVINCIAL : C'est-à-dire que vous voudriez qu'un conte fût un sermon ?

LE PARISIEN : Le nom de sermon ne lui convient pas ; mais après tout, qu'est-ce autre chose dans le fond ? Que prétend une nourrice en contant la fable de *Peau d'âne* ? C'est un sermon qu'elle fait à sa manière aux enfants à qui elle veut apprendre que la vertu est tôt ou tard récompensée. Mais [...] je désapprouve fort qu'on ait mêlé les mystères de la religion dans certains vieux contes du temps passé ; que l'on y parle de pénitence, de confession, et d'autres semblables devoirs de la vie chrétienne[1]. [...] Tout ce qui a rapport à la religion doit être banni des fables, et on ne saurait

1. Allusion aux *Contes* de La Fontaine, volontiers irrévérencieux envers l'Église.

donner des airs trop sérieux et trop graves à des instructions toutes saintes ; mais en toute autre matière on peut se servir d'un conte pour instruire. [...]

LE PROVINCIAL : [...] L'on peut se servir des contes, non seulement pour instruire, mais encore pour donner des éloges, et faire des satires d'une manière allégorique ; il me semble aussi que nous en avons vu quelques-uns de ce caractère-là ; peut-être même que le premier usage qu'on a fait des contes a été de s'en servir pour louer ou pour critiquer plus finement.

LE PARISIEN : [...] Je croirais plutôt que les premiers contes qu'on a inventés n'ont été que des allégories de ce qui se passe dans la nature ; qu'on a voulu sous le nom de fées représenter les éléments, et exprimer les diverses productions des corps sublunaires. C'est du moins ce que l'on a figuré sous l'histoire et le nom des principales divinités de la Fable [...].

LE GÉNIE DE LA SIMPLICITÉ

LE PROVINCIAL : Pour moi, quoique vous en puissiez dire, j'avoue que je n'ai pas trop de goût pour ces perpétuelles allégories : elles me semblent la plupart du temps tirées par les cheveux [deux exemples visent Le Tasse et *La Pucelle* de Chapelain]. Vous m'avouerez que les Anciens n'ont point pensé à tout cela, et que Virgile n'a jamais prétendu que son poème fut allégorique. Pourquoi donc ne pourrait-on pas faire des contes qui fussent jolis, quoiqu'ils ne signifient rien ? Est-ce parce qu'on dit que *Don Quichotte* est une satire de la chevalerie espagnole, qu'on le trouve agréable ? Quelle allégorie est renfermée sous *Le Roman comique* [de Scarron] ? Quelles instructions peut-on tirer des *Amadis* ? Tous ces livres sont des livres excellents, quoiqu'ils ne renferment que de fri-

voles imaginations, qui n'ont point d'autre effet que de nous divertir.

Le parisien : Donnez-moi des contes qui soient en leur genre aussi bons et aussi originaux que ces livres que vous venez de nommer, et j'approuverai qu'on ne s'y propose aucune fin que de nous faire rire ; mais pensez-vous que ceux qui ont cru qu'il ne fallait nulle capacité pour faire des contes, soient capables de faire rien qui approche de la bonté de ces ouvrages ? Quand, (ce qui n'est pas) on n'en tirerait aucune instruction, ne faudrait-il pas qu'un auteur eût une extrême habileté pour conter de l'air naïf et spirituel qu'on y trouve ; car la simplicité et le naturel de la narration, est ce qui fait le principal mérite d'un conte. Croyez-moi, il faut bien de l'esprit, bien des réflexions, et même bien de la capacité pour conter les choses de manière à faire rire, et à les rendre toujours agréables : ainsi quand les faiseurs de contes ne se proposeraient point d'autre fin que de faire rire, ils ne pourraient y réussir s'ils n'étaient habiles gens. [...] Pour conter ces choses de manière qui pique et qui plaise toujours de quelle capacité n'a-t-on pas besoin ? Il faut connaître parfaitement la nature pour trouver ce qui plaît ; il faut être instruit à fond de la langue, pour n'employer que des termes qui frappent ; il faut savoir les plus délicates règles de l'éloquence, pour mettre toujours chaque chose à sa place et en son jour. [...] Nous avons une infinité de bons auteurs, qui ont été excellents dans des matières sérieuses ; nous en avons peu qui aient réussi dans les plaisantes.

Le provincial : Cependant vous m'avouerez que les meilleurs contes que nous ayons, sont ceux qui imitent le plus le style et la simplicité des nourrices, et c'est pour cette seule raison que je vous ai vu assez content de ceux que l'on

attribue au fils d'un célèbre académicien. Cependant vous ne direz pas que les nourrices ne sont point ignorantes.

LE PARISIEN : Elles le sont, il est vrai ; mais il faut être habile pour bien imiter la simplicité de leur ignorance, cela n'est pas donné à tout le monde ; et quelque estime que j'aie pour le fils de l'académicien dont vous parlez, j'ai peine à croire que le père n'ait pas mis la main à son ouvrage ; mais c'est, ce me semble, assez parler de contes, je craindrais que si quelque homme sérieux nous entendait, il ne trouvât notre conversation indigne de nous.

IV. LES COUSINS GERMAINS : LES FRÈRES GRIMM

Au tout début du XIXe siècle, Jacob et Wilhelm Grimm entreprirent de collecter les versions orales des contes populaires, pour certains recueillis de la bouche même de « conteuses » ; soucieux d'en donner une fidèle transcription, ils firent paraître en 1812 un premier volume de *Contes de l'enfance et du foyer* (*Kinder - und Hausmärchen*), suivi d'un second recueil en 1815 (éditions remaniées et augmentées en 1819, 1822 et 1857). Si un principe de stricte fidélité aux versions orales semble prévaloir dans le premier volume, le deuxième n'est pas exempt de considérations idéologiques : il ne contient plus que des contes prétendument issus du seul patrimoine « national » allemand (*Le Chat botté* et *Barbe bleue*, considérés comme éléments étrangers, sont désormais écartés), et les deux frères combinent les différentes versions recueillies de chaque conte pour tenter de « reconstituer » une hypothétique version « primitive », en multipliant les tournures jugées « populaires » et en expurgeant les passages qui pourraient en interdire la lecture aux enfants.

UN PRINCE ALLEMAND

Un extrait de la fin de *La Belle au Bois dormant* permettra d'apprécier *a contrario* la singularité du style de Perrault, moins soucieux d'oralité ou d'authenticité « populaire » que des effets ironiques et parodiques comme on l'a signalé ; la confrontation révèle aussi des variantes, qui intéressent le sens, au demeurant assez inquiétant comme on l'a dit aussi (Voir ci-dessus, p. 134 *sq.*), que Perrault a voulu conférer à son conte — différences sur lesquelles peut faire fond une « psychanalyse » du conte.

Or, tout autour du château une haie d'épines commença à pousser, qui grandit d'année en année et finalement entoura tout le château et s'éleva même plus haut que lui, si bien qu'on ne pouvait plus rien en voir, pas même la girouette sur le toit. Cependant, la légende de la Belle au Bois Dormant se répandait dans le pays, car c'est ainsi qu'on appelait la princesse, si bien que de temps en temps il venait des fils de roi qui tentaient de pénétrer dans le château à travers la haie. Mais ils ne le pouvaient pas, car les épines se tenaient aussi solidement que si elles avaient eu des mains, et les jeunes gens y restaient pris sans pouvoir se dégager et périssaient d'une mort lamentable. Au bout de longues, longues années, un prince passa de nouveau par le pays et il entendit un vieillard raconter que derrière la haie d'épines, il y avait un château où une princesse d'une beauté merveilleuse dormait depuis déjà cent ans, et qu'avec elle dormaient le roi, la reine et toute la cour. Il tenait aussi de son grand-père que beaucoup de fils de rois étaient déjà venus pour essayer de passer à travers la haie, mais qu'ils y étaient restés accrochés et avaient péri d'une triste mort. Alors le jeune homme dit : « Je n'ai pas peur, je veux y aller et voir la Belle au Bois Dormant. » Le bon vieux eut beau le lui déconseiller, il ne voulut rien entendre.

Grimm, *Contes*, choix, trad. et préf. par Marthe Robert, Gallimard, 1976 ; rééd. coll. « Folio » (n° 840), 1989, p. 140-142.

Or, les cent ans étaient justement écoulés et le jour était venu où la Belle devait se réveiller. Et quand le prince s'approcha de la haie d'épines, il ne trouva rien que de belles et grandes fleurs qui s'ouvrirent d'elles-mêmes, le laissèrent passer sans dommage et se refermèrent en formant une haie derrière lui. Dans la cour du château, les chevaux et les chiens de chasse tachetés étaient couchés et dormaient,

les pigeons perchés sur le toit avaient caché leur petite tête sous leur aile. Et quand il entra dans la maison, les mouches dormaient sur les murs, dans la cuisine le maître queux faisait toujours le geste d'empoigner le marmiton, et la servante était encore assise devant la poule noire qu'elle s'apprêtait à plumer, et dans la grande salle, il vit toute la cour couchée et dormant, et en haut, le roi et la reine étendus près du trône. Alors il alla encore plus loin et tout était tellement silencieux qu'on pouvait s'entendre respirer, et enfin il arriva au donjon et ouvrit la porte du petit galetas où la Belle était endormie. Elle était là, si jolie qu'il ne pouvait détacher d'elle ses regards, et se baissant il lui donna un baiser. À peine l'eut-il effleurée de son baiser que la Belle au Bois Dormant ouvrit les yeux, se réveilla et le regarda d'un air tout à fait affable. Alors ils descendirent ensemble et le roi se réveilla, ainsi que la reine et toute la cour, et ils se regardèrent en ouvrant de grands yeux.

Chez Perrault, l'épisode du réveil de la belle se situe au mitan du conte, qui offre un second épisode absent de la version des Grimm ; la disparition du couple royal laisse la belle de Perrault libre de former un nouveau couple avec le prince, « fils du roi qui régnait alors » (p. 134) : on s'explique d'autant plus mal ce changement de dynastie que le roi actuel doit ses richesses et peut-être sa puissance à une reine « qui était de race ogresse » (p. 137). Les relations de la mère et du fils ne sont pas au demeurant des plus claires (voir Essai, p. 135)...

LE LECTEUR ET SES FANTASMES :
PSYCHANALYSE DES CONTES

De telles variantes engagent l'interprétation que l'on peut donner du conte. Au vu des deux versions est-on

bien fondé d'ailleurs à parler d'un seul conte ? On peut légitimement en douter, et le fondateur français de la « textanalyse » J. Bellemin-Noël a pu contester l'interprétation du conte de Grimm proposée par le célèbre psychiatre américain B. Bettelheim (*Psychanalyse des contes de fées*, 1976 pour la trad. fr.), en montrant d'une part que l'inconscient du lecteur se trouve mis en branle par le détail de la lettre du texte, au risque d'introduire dans le conte des motifs qui n'y figurent pas, en posant d'autre part que l'épisode final de la version de Perrault « surdétermine » presque inévitablement le sens que l'on peut prêter à la version écourtée des Grimm ; loin de suggérer une « écoute » susceptible d'envelopper au même titre les deux versions, J. Bellemin-Noël plaide donc pour une autonomie des deux contes. Mais dans ces quelques lignes virulentes, le critique français illustre encore cette loi malicieuse qui veut que le conte puisse aussi « lire » son lecteur...

Bellemin-Noël, *Les Contes et leurs fantasmes*, PUF, coll. « Écriture », 1983, p. 113-115 et 116-117.

Les quelques formules dans lesquelles le psychiatre américain condense son interprétation de ce célèbre conte ne sont guère encourageantes. [...] Dire que malgré les efforts des parents « l'éveil sexuel a lieu de toute façon » à l'adolescence et que « le fait d'attendre l'accomplissement sexuel, même très longtemps, n'enlève rien à sa beauté », c'est au mieux donner la traduction rationalisée d'une allégorie, ou répéter la moralité de Perrault sans le cynisme souriant. Conclure que « l'héroïne est l'incarnation de la féminité dans toute sa perfection », c'est ne rien dire du tout, même si cela caresse dans le sens du poil une idéologie en vigueur. Centrer toute l'analyse du récit sur le phénomène de la menstruation comme telle (« les principales associations qu'éveille cette histoire dans l'inconscient de l'enfant ont moins trait aux rapports sexuels qu'au cycle des rè-

gles »), ce n'est guère acceptable [...]. Encore faudrait-il qu'il y eût du sang ! Notre interprète, tout préoccupé d'atténuer l'infortune des adolescentes qu'il voit se plaindre dans son cabinet, se presse si fort dans sa lecture qu'il outrepasse le texte : pour y lire qu'il s'agit d'un écoulement menstruel, il invente purement et simplement « le sang qui coule de la piqûre ». Regardons chez Perrault les effets du fuseau : « *Elle s'en perça la main et tomba évanouie* » ; lisons dans notre Grimm : « *Elle se piqua le doigt. Et a l'instant où elle ressentit la piqûre, elle s'écroula sur le lit qui se trouvait là.* » Point de sang, ni nulle part ailleurs dans le conte. Partant, plus de règles. [...] C'est l'analyste Bettelheim qui voit rouge, ce sang gicle de son propre inconscient. Loin de le lui reprocher, [...] nous insisterons sur la nécessité de respecter à la fois le sommeil de la Belle et la lettre du texte. S'il avait dû y avoir du sang, il serait là. [...]

Dans le même esprit, relevons quel danger constitue plus généralement le geste de faire appel à l'*intertextualité*. Le lecteur-auditeur de ce conte tel que l'ont mis par écrit les frères Grimm, c'est-à-dire dans une version écourtée par comparaison avec les autres, ne peut pas réagir, retentir ici comme il le ferait en écho à l'histoire prolongée de l'épisode Reine-mère-Ogresse. [...] L'épisode vient rétrospectivement, rétroactivement nourrir de dévoration l'ensemble du conte : si l'on joue à ce jeu-là, l'héroïne se révèle tôt ou tard analogue à l'une des sept jeunes Athéniennes qu'il fallait chaque année offrir au Minotaure ; de là, malédiction, crime de sang, défloration, menstrues.

V. POLITIQUE DES *CONTES* : LE *PERRAULT* DE LOUIS MARIN

Théoricien de la représentation comme de la pensée politique au XVIIe siècle, Louis Marin (1931-1992) est l'auteur d'une dizaine d'articles sur les *Contes* de Perrault que sa disparition prématurée a laissés dispersés (voir Bibliographie) ; adossées à la magistrale analyse du frontispice du recueil de 1697 déjà citée (p. 70), ses interprétations du *Chat botté*, des *Souhaits ridicules*, de *Peau d'Âne* ou du *Petit Poucet* — quatre contes sur lesquels il est plusieurs fois revenu — n'ont pas seulement renouvelé les études sur les *Histoires* de Perrault en nous rendant sensibles à leur complexité structurale : mieux que tout autre interprète, L. Marin a su nous faire « entendre » les voix du conte, et ce que ces différentes voix nous enseignent des dispositifs de langage et de pouvoir à l'œuvre dans la littérature et la pensée de l'âge classique. Parce que tous les contes révèlent les pouvoirs du discours, ils sont à interpréter comme des discours du pouvoir.

Chaque article de L. Marin vaut donc aussi comme une leçon de lecture : soucieuse du détail du texte aussi bien que de l'agencement de ses différentes séquences, s'adonnant volontiers à une patiente paraphrase pour mieux révéler les enjeux pragmatiques de telle ou telle situation ou opération de parole, l'analyse vient théoriser les actes de langage tels que le récit les *représente*.

Ces « lectures » de L. Marin se laissent difficilement résumer : les extraits ici retenus voudraient seulement indiquer leur « direction » — le chemin ouvert à une interprétation de chacun des quatre contes.

Le problème auquel Blaise et Fanchon sont affrontés est qu'en l'occurrence merveilleuse de l'apparition de Jupiter, le souhait rejoint le projet et que l'impossible, l'exclu ou l'interdit deviennent non pas même possible, plausible ou permis mais nécessaire, certain, obligatoire. [...] Et c'est ainsi qu'insidieusement se dessinent les menaces dissimulées du performatif[1] absolu : à la faveur de la certitude de la réalisation des souhaits humains et de l'obligation du remplissement de la promesse divine, les bouteilles de vin tirées de derrière les fagots, pour consacrer certitude et obligation, en seront l'occasion malheureuse. Car, « à son retour, il but et goûtant à son aise / Près d'un grand feu la douceur du repos, / Il dit en s'appuyant sur le dos de sa chaise, / "Pendant que nous avons une si bonne braise, / Une aune de boudin viendrait bien à propos." » Est-ce un souhait, le premier de la série ? [...] Les mots ont été prononcés, la formule dite et nul ne saurait faire qu'elle ne l'ait été. L'intention et les connotations ne comptent guère. Comme le signe sacramentaire selon le Concile de Trente[2] qui, une fois énoncé par la personne convenable, dans les circonstances adéquates et adressé à l'allocutaire convenable, produit ses effets *ex opere operate*, par le fait même qu'il a été énoncé, non

L. Marin, « Manger, parler, aimer dans les Contes de Perrault », *Papers on French Seventeenth Century Literature*, n° 30, 1987, p. 35-38. Repris dans *La Parole mangée et autres essais théologico-politiques*, Klincksieck, 1986.

1. Un performatif est un énoncé qui constitue par sa seule profération l'acte auquel il se réfère (ex. : « Je vous autorise à partir ») ; les verbes performatifs autorisent des actes de langage *illocutoires*, où l'énonciation constitue en elle-même une action.

2. Qui a défini le mystère de l'eucharistie, fondé sur la formule performative « Ceci est mon corps », prononcée par le prêtre en donnant l'hostie. L. Marin a consacré de longues analyses à la réflexion des théoriciens de Port-Royal sur cette formule (*La Critique du discours*, Éditions de Minuit, 1975).

seulement l'expression décrit une certaine action, mais son énonciation revient à accomplir cette action. En disant « je souhaite », non seulement je dis « souhaiter », mais ce faisant, je souhaite. [...]

Un signe de langage réalisé en signe culinaire est-il mangeable ? Posée de cette façon, la question est presque sacrilège, ou en tout cas hérétique, si l'on a une pensée pour le signe eucharistique. En tout cas, elle ne se pose pas : peut-être le boudin produit du langage n'est-il pas mangeable, mais son effet perlocutoire [1] est de *faire produire beaucoup de paroles, non à l'époux mais à son allocutrice, la belle et si prudente Fanchon.* [...] Le boudin, si l'on peut dire, parle par sa bouche, mais pour s'annuler dans un échange désormais impossible, avec le pouvoir, avec les biens de concupiscence, les richesses, les habits. [...] Il cause des mots en excès comme lui-même était l'effet, en excès, d'un souhait et d'un souffle. [...] « "Peste soit du boudin et du boudin encore / Plût à Dieu, maudite Pécore, / Qu'il te pendît au bout du nez !" / La prière aussitôt du ciel fut écoutée... » [...]. Ainsi le signe culinaire devient-il décor grotesque, ornement ridicule d'un visage, signe définitivement dépourvu de sa fonction puisqu'il est désormais immangeable. Il est devenu corps (de Fanchon), du moins appendice nasal et dans une remarquable métonymie renversée, qui est aussi l'inversion d'une castration symbolique, l'épouse en colère est devenue, par le nez, boudin ! [...] Le boudin déjà merveilleux signe performatif de langage est devenu corps : il est immangeable, mais dans sa nouvelle

1. Un acte de langage est dit *perlocutoire* lorsqu'il vise indirectement une autre fin que celle portée par le seul énoncé (la question « pouvez-vous fermer la fenêtre ? » vise moins la possibilité du geste qu'elle ne constitue une invitation à l'accomplir).

position perlocutoire, il rend Fanchon inconsommable comme corps d'amour.

PEAU D'ÂNE OU LE DÉSIR DU POUVOIR

Au moment où le fabuliste va écrire la morale de sa fable sur le pouvoir des fables[1], [et] formuler la leçon qu'il souhaite donner au dédicataire de son récit, [M. de Barillon] ambassadeur du Roi Soleil à Londres au temps où s'élabore difficilement la paix de Nimègue, une autre fable, une autre histoire, l'écho d'une voix l'en détourne soudain. Elle coupe le discours en train de s'écrire de la morale qui, quelle qu'elle soit, sera toujours donnée sur un mode autorisé, autoritaire d'une pédagogie et d'une didactique (même si la leçon — en cette occurrence singulière — serait que le trait du récit, de vive voix conté, possède le pouvoir irrésistible de distraire son auditeur, de divertir son public et ce faisant, de le convaincre d'une vérité). L'écho d'une autre voix — inaudible — vient donc distraire l'écrivain de son discours de morale [...]. L'écho de ce deuxième récit — irrésistible — qui est de détourner l'attention du savoir dans le plaisir — extrême — de l'écoute, de substituer au désir de vérité l'accomplissement d'un autre — celui de la voix de fiction. [...]

« La voix d'un conte : entre La Fontaine et Perrault, sa récriture », *Critique*, 394, mars 1980, p. 334-335, 337-339 et 341-342.

Que *Peau d'Âne*, et point un autre conte parmi le trésor des contes, vienne à la traverse de la leçon sur le pouvoir des fables n'est pas indifférent car ce que *Peau d'Âne* conte — nous l'avons su depuis toujours mais peut-être l'avons-nous oublié — c'est une histoire de pouvoir, l'histoire du désir de tout pouvoir d'être un absolu pouvoir, l'histoire du désir du Roi et du Père.

Toutefois Perrault qui écrit *Peau d'Âne* prend

1. La Fontaine, VIII, 4, « Le pouvoir des fables ».

ses précautions dans un prologue : comment justifier sa position de narrateur ? Comment rendre acceptable — désirable — la prise de la parole narrative qu'il opère en écrivant et avec elle, la prise du pouvoir de conter ? Pourquoi écrire (des contes ?) S'instituer, par cette écriture, conteur, occuper la place du maître du récit ne va pas de soi — semble-t-il — tout simplement parce que cette place est *devenue* celle du maître ; elle s'est déplacée car il s'agit d'écrire, une fois et pour toujours, ce qui s'était toujours dit, de relever dans un monument de signes permanents les voix multiples et anciennes qui transmettaient l'histoire de bouche à oreille. Ainsi puissance devient pouvoir, séduction, désir et jouissance, plaisir.

D'où une double stratégie et peut-être, avec elle, une double feinte où se dissimule le coup de force du narrateur, le coup du tyran. Il ne conte que pour contenter un désir de récit du lecteur : une femme ; il répond à une demande de la Marquise de Lambert ; [...] mouvement inverse de celui de La Fontaine à la fin de sa fable qui, de narrateur, se métamorphosait, un instant, en auditeur d'un conte dont il suspendait le récit à son seul titre, le prologue de Perrault lui permet *fictivement* de changer la position d'écoute, celle d'un désir de conte, en position de narration d'une histoire : « Sans craindre donc qu'on me condamne / De mal employer mon loisir, / Je vais, pour contenter votre juste désir / Vous conter tout au long l'histoire de *Peau d'Âne*. »

Mais cette opération ne vient qu'en conclusion d'une autre qui est l'essentielle : non pas seulement : « je raconte parce que vous en avez envie et que je veux vous faire plaisir en contentant votre désir » [...], mais encore : « de quel droit raconterai-je ? » Quelle est la légitimité du

pouvoir de conter ? Puis-je dire mon droit de narration, c'est-à-dire d'*écrire* le conte que vous savez ? De quelle argumentation juridique m'autoriser écrivain ? Sinon usurpation de puissance. Or la réponse est elle-même le coup de force : « Pour moi, j'ose *poser en fait* / Qu'en de certains moments l'esprit le plus parfait / Peut aimer sans rougir jusqu'aux marionnettes » ; la maîtrise des contes est un donné : le fait du Prince écrivain. Le conteur s'empare audacieusement de la voix narratrice simplement en commençant d'écrire. Pur *factum* d'une puissance qui institue son propre droit à récrire, à re-citer, qui se fonde elle-même en pouvoir autorisé et par là, constitue le sujet-narrateur en sujet légitime. [...] Le « principe de plaisir » est ici source de droit, loi mais dont la caractéristique est qu'elle est sans décrets d'application : ni générale ni universelle, sa loi ne vaut que pour certains moments, temps et lieux dont nulle règle ne spécifie les circonstances. Le récit ne s'écrit qu'à l'occasion, dans l'occasion, et la règle de l'occasion est le plaisir qui est sans règles, sinon qu'il ne peut jamais se prendre que dans l'intervalle, l'interruption momentanée, contingente du sens et de la vérité, lieu et moment que vient occuper sans coup férir l'écriture du conte par le narrateur. [...]

[Ce jeu de substitution répond à celui mis en œuvre dans la Préface des contes en vers, qui se clôt sur un madrigal composé « par une demoiselle de beaucoup d'esprit » en marge du conte de Peau d'Âne : « Ce qui me plaît encore dans sa simple douceur / C'est qu'il divertit et fait rire / Sans que mère, époux, confesseur / Y puissent trouver à redire » ; voir ci-dessus, Essai, p. 41-43.]

Substitution de plume : l'auteur, l'écrivain, le père, le pouvoir de la morale cède la place à *une autre*, une lectrice femme-enfant qui, parce qu'elle a beaucoup d'esprit écrit sa lecture, c'est-à-dire l'effet de plaisir qu'est le pouvoir de la morale. [...]

Ce que le conte fait — en « faisant » du plaisir et du rire — c'est tracer l'invisible limite du pouvoir dans un récit de père et de roi qui le raconte en racontant son désir d'absolu, c'est de tracer sa négation essentielle : tout pouvoir tend à l'absolu mais il ne l'est jamais. Cette limite, le conte la trace par la voix d'une femme qui écrit sa lecture. Tous les pouvoirs sentent bien qu'il y a à « redire » dans ce récit, quelque chose qui compromet l'essence de leur pouvoir mais ils ne peuvent *voir* la trace de cette limite. Le rire d'humour est le seul effet de cette trace à peine sentie qu'elle est effacée. Du même coup, en donnant la plume à une jeune femme, en substituant sa position d'auteur et d'écrivain, la position d'une lectrice qui, écrivant sa lecture, récrit son écoute d'enfant, Perrault met en jeu son propre pouvoir de conteur et d'auteur, de père et de souverain du texte qui re-cite le conte oral.

LE CHAT BOTTÉ OU LE POUVOIR DES SIGNES

L. Marin, *Le récit est un piège*, Éditions de Minuit, 1978, chap. IV, « À la conquête du pouvoir », p. 124-127.

Au lieu de donner son lapin à son maître, [le chat] le donne au roi. [...] La scène se répète dans le récit deux fois encore : deux perdrix et le roi « lui fit donner pour boire », du gibier pendant deux ou trois mois, de temps en temps, que le chat porte au roi de la part de son maître.

Il faut nous attarder un moment sur la ruse du chat, double en vérité et qui provoque une transformation essentielle dans l'état des choses. Sa ruse est de discours : elle consiste, de la part du chat, à nommer librement son maître. Il ne lui a pas donné son lapin, il lui

donne un nom, mais il lui donne ce nom en donnant le lapin à un autre et point n'importe quel autre, le maître de l'État, le Pouvoir même, centre et sommet. [...] Le nom du maître donné par le chat est un faux nom, un pseudonyme, et doublement faux, puisqu'il n'est pas celui que porte la lignée paternelle du fils du meunier : la nomination est dé-nomination, puisqu'il fait accéder le maître du chat à la noblesse et dans la noblesse au marquisat. Donc il est non seulement un pseudonyme — un faux nom — mais il est usurpation d'une appellation — un faux titre. Toutefois, pour le roi, Marquis de Carabas désigne celui qui lui fait présenter un lapin de garenne, puis deux perdrix, puis du gibier, régularité et fréquence qui donnent au pseudonyme et à l'appellation la consistance et le poids d'un usage et, à la limite, une légitimité par contenu. Le roi prend l'habitude de recevoir les présents d'un individu dit « marquis de Carabas ». En acceptant les cadeaux, il accepte, autorise — sans le vouloir ni le savoir — l'usage d'un nom et d'une appellation. Avec du temps, les choses les plus fausses deviennent vraies. Il y a ruse en ceci précisément que le roi est pouvoir d'appellation des individus. C'est lui qui confère les titres de noblesse à ses sujets pour les récompenser de leurs mérites. Le chat piège le roi par là : il détourne la force du pouvoir (de « nommer ») dans son usage public à son *usage* particulier, tout en rendant, par la répétition, cet usage particulier acceptable par celui qui détient le pouvoir de nommer.

Cette ruse initiale va provoquer toute l'histoire, c'est-à-dire une série de ruses complémentaires visant à la vérification de la dénomination donnée la première fois : se nommer, être appelé « marquis de Carabas » veut *dire* posséder un habit de marquis, des propriétés, un

domaine, un château. La tactique du chat consistera donc à faire être successivement ce qu'il a dit (décrit) la première fois par le nom appellatif. La fausse définition de nom sera une vraie définition de « chose ». À la fin, le fils du meunier sera le marquis de Carabas, avec en prime le plaisir érotique, la fille du roi, qui sera *en même temps* conquête du pouvoir : il prendra le Roi. Échec et mat.

LE PETIT POUCET OU LE PORTRAIT OU ROI

Le Petit Poucet [...] réunit ainsi toutes les figures des contes dans une sorte de figure narrative tenant de la métonymie — c'est le dernier des contes de la série — de la synecdoque — il vaut pour tout le recueil — et de la métaphore — il est fable allégorique de la merveille du conte. [...] Ce récit particulier, non seulement raconte une histoire, mais encore en réfléchit les manières et les moyens, réflexion qui, sans cesser d'appartenir au récit lui-même, reconduit la lecture à une compréhension plus profonde du contexte historique — économique, social, idéologique — de la narration et de son écriture. La dimension métanarrative est donnée par le conteur lui-même qui offre à son lecteur deux dénouements : l'un s'opère dans la capitalisation et la thésaurisation de l'or et de l'argent. Le petit Poucet vole le magot de l'Ogre en racontant à son épouse une histoire de voleurs. Ce dénouement, le narrateur le conteste sans en donner de justification éthique ou économique, simplement en recourant à la *doxa*. « Il y a bien des gens, qui ne demeurent pas d'accord avec cette circonstance. » Le vol du trésor de l'Ogre est oublié mais c'est le vol des bottes de sept lieues qui est rendu acceptable : « il ne s'en servait que pour courir après les petits enfants. » La raison économique est latente :

L. Marin, « L'Ogre de Charles Perrault ou le portrait inversé du roi », in *L'Ogre. Mélanges pour Jacques Le Goff*, Gallimard, 1992, p. 283-302.

avec le changement de propriétaire de l'or, les procès d'échanges s'immobilisent dans la thésaurisation. « Le petit Poucet étant chargé de toute la richesse de l'Ogre s'en revint au logis de son père où il fut reçu avec joie. »

Le deuxième dénouement installe le lecteur au lieu de la Cour du Roi lui-même, comme l'antipode de la demeure de l'Ogre. Le petit Poucet grâce aux fameuses bottes de sept lieues devient le messager du Roi. Il transporte des messages, des signes entre locuteur et allocutaire, le Roi qui donne des ordres à ses généraux en campagne et qui reçoit d'eux les nouvelles de ses armées ; et en échange, il reçoit l'argent, le juste salaire de ses voyages. La monnaie dans son équivalence universelle est échangée non avec des choses et des biens, mais avec des échanges : l'argent, méta-échange et le messager, méta-échangeur. Ainsi au discours et à l'échange des mots, se superpose un signe au-delà des signes qui, sans défaire les puissances du discours et de la représentation qui seules ont pouvoir de donner sens à la réalité dans leur transparence rationnelle, assure leur « rapport économique » et non plus seulement politique [...]. Le Roi à la fin du *Petit Poucet* n'est pas principe sacré de pouvoir et d'autorité, *il est celui qui paye du langage*, des signes échangés où certes se marque son pouvoir, mais où dans une certaine mesure il dissout sa substantialité sacrée et son aura. Il ne reste dès lors des choses et des mots que la double abstraction, combien performante, de l'argent et de la valeur d'échange, l'un équivalent à l'autre et sa mesure, l'autre, pure relation sans contenu mais donnant au premier sa décisive fonction.

VI. ÉLEMENTS DE BIBLIOGRAPHIE

Pour une bibliographie plus complète, on se reportera aux Notices établies par J.-P. Collinet (« Folio classique », p. 367-371).

I. ÉDITIONS DE RÉFÉRENCE

ÉDITIONS DES *CONTES EN VERS ET EN PROSE*

Les éditions originales des *Contes* se trouvent répertoriées dans la section « Publication des contes » de la bibliographie de J.-P. Collinet qui court jusqu'en 1969 (p. 363-366).

Jacques Barchilon, *Perrault's tales of Mother Goose. The Dedication Manuscript of 1695. Reproduced in Collotype Facsimile with Introduction and Critical Text*, New York, The Pierpont Morgan Library, 1956, 2 vol. (reproduction du manuscrit de 1695).

Édition Gilles Rouger, Garnier Frères, coll. « Classiques Garnier », 1967 (en annexes, *in extenso* : le *Dialogue de l'Amour et de l'Amitié* de Perrault, « Les Enchantements de l'éloquence » de Marie-Jeanne Lhéritier, autre version des *Fées*, et « Riquet à la Houppe » de Catherine Bernard).

Édition Roger Zuber, Imprimerie nationale, coll. « La Salamandre », 1987.

Édition Marc Soriano, Flammarion, 1989 (avec des notes interprétatives en forme de « lexique ») ; repris (sans les notes) dans la coll. « GF-Flammarion », 1991 (relevé exhaustif des variantes, riche anthologie de textes de Perrault en marge des *Contes*, qui reste à ce jour l'ensemble le plus complet — M. Soriano retenant comme « contes » toutes les œuvres narratives de Perrault).

AUTRES ŒUVRES

Mémoires de ma vie, précédé d'un essai d'Antoine Picon, « Un moderne paradoxal », Macula, coll. « Art et Histoire », 1993, et suivi de documents relatifs aux dessins d'architecture de Claude Perrault annotés par Charles.

Le Siècle de Louis le Grand, 1687 ; un large extrait est reproduit dans l'anthologie procurée par Marc Fumaroli, *La Querelle des Anciens et des Modernes*, Gallimard, coll. « Folio classique », nº 3414, 2001, p. 257-273.

Parallèle des Anciens et des Modernes, 4 t., 1688-1697 ; Genève, Slatkine Reprints, 1979.

Pensées chrétiennes, éd. J. Barchilon et C. Velay-Vallantin, Paris, Seattle, Tübingen, Papers on French Seventeenth Century Literature, Biblio 17, 1987.

Les Hommes illustres qui ont paru en France pendant ce siècle, avec leur portrait au naturel, La Haye, 1698, t. I ; éd. D. J. Culpin, Tübingen, Biblio 17, vol. 142, Gunther Narr Verlag, 2003.

II. ÉTUDES SUR LE CONTE COMME GENRE

OUVRAGES

Charles Deulin, *Les Contes de ma mère l'Oye avant Perrault*, Paris, Dentu, 1879 ; Genève, Slatkine Reprints, 1969 (avec la trad. fr. des récits parallèles de Straparole et Basile).

Mary Elizabeth Storer, *La Mode des contes de fées (1685-1700)*, Champion, 1928.

André Jolles, *Formes simples* [*Einfachen Formen*, 1930], trad. fr. Le Seuil, coll. « Poétique », 1972 : « Le conte », p. 173-175.

Paul Delarue, *Le Conte populaire français. Catalogue raisonné des versions françaises et des pays de langue fran-

çaise, t. I, Éditions Érasme, 1957 ; t. II et III par Marie-Louise Tenèze, Maisonneuve et Larose, 1964 et 1977.

Vladimir Propp, *Morphologie du conte*, Le Seuil, coll. « Poétique », 1965 ; rééd. coll. « Points-Essais », 1970.

Jacques Barchilon, *Le Conte merveilleux français de 1690 à 1790*, Champion, 1975 (chap. II « Charles Perrault, le conteur classique », p. 13-36).

Thomas Richard Vessely, *The French Literary Fairy Tale (1690-1760). A Generic Study*, Ph. D., Indiana University, 1978.

Bruno Bettelheim, *Psychanalyse des contes de fées*, Robert Laffont, 1976 ; rééd. Hachette, coll. « Pluriel », 1979.

Michèle Simonsen, *Le Conte populaire*, PUF, coll. « Littératures modernes », 1984.

Michèle Simonsen, *Le Conte populaire français*, PUF, coll. « Que sais-je ? », 1985 (2e éd.).

Robert Darnton, *The Great Cat Massacre And Other Episodes in French Cultural History*, New York, Vintage Book, 1984, chap. « The Meaning of Mother Goose ».

R. Robert, *Le Conte de fées littéraire en France de la fin du XVIIe à la fin du XVIIIe siècle*, Champion, 2002.

Jean-Paul Sermain, *Le Conte de fées de Perrault à Cazotte*, Desjonquères, 2005.

ARTICLES

Michel Butor, « La balance des fées », *Cahiers du Sud*, n° 324, 1954, p. 183-195.

Jacques Barchilon, « *Précieux* éléments in the fairy tale of the seventies century », *L'Esprit créateur*, n° 3, 1963, p. 99-107.

Jacques Barchilon, « The Æsthetics of the Fairy Tale », dans *La Cohérence intérieure. Hommage à J. D. Hubbert*,

textes réunis par J. Van Baelen et D. L. Rubin, J.-M. Place Éditeur, 1977.
J.-D. Hubbert, « Aspects de la fiction et de la vraisemblance à travers romans et contes merveilleux », *PFSCL*, n° 8, hiver 1977-1978, p. 13-24.
Jean-Paul Sermain, « La parodie dans les contes de fées (1693-1733) : une loi du genre ? », dans I. Landy-Houillon et J. Ménard (éd.), *Actes du Colloque du Mans (1986). Burlesques et formes parodiques*, Paris, Seattle, Tübingen, Papers on French Seventeenth Century Literature, Biblio 17, vol. 33, 1987, p. 541-552.
Bengt Holbeck « L'interprétation des contes merveilleux », *Cahiers de littérature orale*, n° 28, 1990.

III. OUVRAGES ET ARTICLES CONSACRÉS AU CLAN PERRAULT ET À L'ENSEMBLE DE L'ŒUVRE DE CHARLES PERRAULT

BIBLIOGRAPHIE

Claire-Lise Malarte, *Perrault à travers la critique depuis 1960*, Papers on French Seventeenth Century Literature, Paris, Seattle, Tübingen, 1989 (bibliographie analytique et critique).

OUVRAGES

André Hallays, *Les Perrault*, Perrin, 1926 (la « vieillesse de Charles Perrault et les *Contes* », p. 197-239).
Marc Soriano, *Le Dossier Perrault*, Hachette, 1972 (documents relatifs au « clan Perrault »).
Jacques Barchilon et Peter Flinders, *Charles Perrault*, Boston, Twayne Publishers, 1981.
Jeanne Morgan, *Perrault's Morals for Moderns*, New York, Peter Lang, 1985.

Europe, novembre-décembre 1990 : *Charles Perrault* (articles de B. Didier, N. Catach, N. Fabre, J. Perrot, J. Gaucheron et de L. Marin, avec le livret d'un court opéra de Pierrette Fleutiaux, *La Femme de l'Ogre*, et un conte attribué par M. Soriano à Perrault, « Métamorphose d'un berger en mouton »).

IV. OUVRAGES ET ARTICLES CONSACRÉS AUX SEULS *CONTES* DE PERRAULT

OUVRAGES

Marc Soriano, *Les Contes de Perrault. Culture savante et traditions populaires*, Gallimard, coll. « Bibliothèque des idées », 1968 ; 2e éd. « revue et corrigée », augmentée d'une table ronde, avec J. Le Goff, M. Soriano, E. Le Roy Ladurie, A. Burguière, initialement publiée dans *Annales. ESC*, mai-juin 1970), Gallimard, coll. « Tel », 1977, rééd. 1984.

Marvels and Tales, 5, 2, décembre 1991, *Special Issue on Charles Perrault*, éd. C. Velay-Vallantin.

Catherine Velay-Vallantin, *L'Histoire des contes,* Fayard, 1992.

Michèle Simonsen, *Perrault. Contes*, PUF, coll. « Études littéraires », 1992.

Philip Lewis, *Seeing Through the Mother Goose Tales. Visual Turns in the Writings of Charles Perrault*, Stanford (California), Stanford University Press, 1996.

Tricentenaire Charles Perrault. Les grands contes du XVIIe siècle et leur fortune littéraire, sous la direction de J. Perrot, Paris, In Press Éditions, 1998 (publication de l'Institut international Charles Perrault, rassemble plusieurs dossiers d'articles relatifs à la fortune du recueil de Per-

rault et du genre lui-même, avec une section sur les contes de Mme d'Aulnoy).

ARTICLES

Georges Gruau, « Le style de Charles Perrault », *Le Français moderne*, octobre 1936, p. 319-328.
Paul Delarue, « Les contes merveilleux de Perrault et la tradition populaire », *Bulletin folklorique de l'Île-de-France*, six articles, de janvier-mars 1951 à juillet-septembre 1953.
Felix R. Freudmann, « Realism and magic in Perrault's Fairy Tales », *L'Esprit créateur*, automne 1963.
Jacques Barchilon, « L'ironie et l'humour dans les *Contes* de Perrault », *Studi francesi*, n° 32, mai-août 1967, p. 285-290.
Jean Bellemin-Noël, « Contes et mécomptes », *Critique*, mars 1969, p. 250-264 (compte rendu de l'ouvrage de Soriano).
Philippe Ariès, « At the point of origin », *Yale French Studies*, 1969, p. 15-23.
Jacques Barchilon, « The semiotic criticisme of Perrault's *Contes* », *Semiotica*, n° 51, 1-3, 1984, p. 271-285 (discussion d'articles proposant des lectures sémiotiques de contes, dont ceux de R. Démoris et L. Marin).
Wolfgang Preisendanz, « Dialog zwischen *naïveté* und *esprit du monde.* Zu den *Histoires ou Contes du temps passé* von Charles Perrault », *Französische Klassik. Theorie. Literatur. Malerei*, éd. F. Nies und K. Stierle, Munich, Fink, 1985, p. 396-416.
Yvan Loskoutoff, « La surenchère enfantine autour des *Contes* de Perrault », *XVII*e* siècle*, 153, octobre-décembre 1986, p. 343-350.
Jacques Barchilon, « De l'interprétation psychanalytique

des *Contes* de Perrault », *Papers on French Seventeenth Century Literature*, n° 30, 1987, p. 13-27.
Marie-Lise Malarte, « Les *Contes* de Perrault, œuvre “moderne” », dans L. Godard de Donville (éd.), *D'un siècle à l'autre. Anciens et modernes*, Actes du XVIe colloque du CMR 17 (janvier 1986), Marseille, 1987, p. 91-100.
Marc Escola, « La “narration enjouée”. Vraisemblance et merveilleux dans les *Contes* en prose de Perrault », dans D. Souiller et A. Duprat (éd.), *La Vraisemblance à l'âge classique*, Dijon, Publ. du Groupe « Interactions culturelles européennes », 2004, p. 249-274.

V. ÉTUDES DE CONTES PARTICULIERS

L'étude d'un conte isolé, comme l'analyse d'une unique fable de La Fontaine, constitue un genre à part entière : nonobstant un déséquilibre marqué entre contes en vers et contes en prose, tous les contes de Perrault (à la notable exception du *Petit Poucet*), ont donné lieu, sous forme d'articles le plus souvent, à de telles « explications de textes » — parfois assez remarquables pour constituer à elles seules une voie d'accès à l'ensemble du recueil. Certains des ouvrages précédemment signalés consacrent parfois un chapitre à un conte déterminé :

Le livre de M. Soriano offre dans sa deuxième partie (p. 75 *sq.*) un chapitre distinct pour chaque conte envisagé du point de vue de ses possibles sources.

M. Simonsen (PUF, 1992) donne de même une analyse très succincte de chaque conte, p. 28 *sq.*

Georges Jacques propose une analyse interne de l'ensemble des contes en vers et en prose dans « Au siècle de Propp, Soriano, Bettelheim. Les *Contes* de Perrault, encore et toujours de la littérature », *Recherches sur le conte mer-*

veilleux sous la dir. de G. Jacques, Louvain-la-Neuve, 1981, p. 7-55.

Le livre de J. Bellemin-Noël (*Les Contes et leurs fantasmes*, PUF, coll. « Écriture », 1983), consacré aux contes des Grimm, offre pour *La Belle au Bois dormant* et *Cendrillon*, une comparaison avec la version de Perrault (ci-dessus, Dossier, p. 207-209).

L'article de Louis Marin, « La cuisine des fées : or the Culinary Sign in The Tales of Perrault » (*Genre*, n° 16, 4, 1983, p. 477-492), refondu et augmenté dans *La Parole mangée et autres essais théologico-politiques*, Klincksieck, 1986, porte sur *La Belle au Bois dormant, Le Petit Chaperon rouge, Riquet à la Houppe* et *Le Petit Poucet* (les autres articles de L. Marin relatifs à des contes isolés figurent ci-dessous dans les rubriques correspondantes).

CONTES EN VERS

PEAU D'ÂNE

René Démoris, « Du littéraire au littéral dans *Peau d'Âne* de Perrault », *Revue des sciences humaines*, t. XLII, n° 166, 1977, p. 261-279.

Louis Marin, « La voix d'un conte : entre La Fontaine et Perrault, sa récriture », *Critique*, n° 394, mars 1980, p. 333-342.

Louis Marin, « Monnaie royale et portrait princier », dans *Le Portrait du roi*, Éditions de Minuit, 1981, p. 169-205.

Jean Bellemin-Noël, « Une Peau d'Âme ? », *Eidolon*, n° 30, octobre 1986, p. 34-43.

Ivan Darrualt, « La sémiotique du conte (*Peau d'Âne* de Ch. Perrault) », *Eidolon*, n° 30, octobre 1986, p. 29-33.

Louis Marin, *Des pouvoirs de l'image. Gloses*, Le Seuil, coll.

« L'ordre philosophique », 1993, p. 123-132 : « Amours paternelles. Charles Perrault, *Peau d'Asne*, conte ».

LES SOUHAITS RIDICULES

Louis Marin, « Manger, parler, aimer dans les *Contes* de Perrault », *Papers on French Seventeenth Century Literature*, n° 30, 1987, p. 29-39 (repris dans *La Parole mangée et autres essais théologico-politiques*, Klincksieck, 1986).

GRISELIDIS

Michèle Farell, « *Griselidis* : issues of gender, genre and authority », *Actes de Banff (1986)*, Biblio 17, n° 10, 1987, p. 97-120.

CONTES EN PROSE

FRONTISPICE

Louis Marin, *Lectures traversières*, Albin Michel, coll. « Bibliothèque du Collège international de philosophie, 1992, p. 17-25 : « Une lisière de la lecture » (reprise d'un article initialement paru dans *L'Esprit créateur*, vol. XXVII, 3, 1987, dans *Textuel*, Publications de l'Université de Paris-VII, 1990, et dans la revue *Europe,* ci-dessus).

LA BELLE AU BOIS DORMANT

Barbara Bucknall, « *La Belle au Bois dormant* par Perrault », The *Humanities Association Review*, vol. XXVI, 1975, p. 96-105.

Juliette Frolich, « Charles Bovary et *La Belle au Bois*

Dormant », *Revue romane*, vol. XII, 2, 1977, p. 202-209 (lecture intertextuelle de la scène de rencontre).
François Rigolot, « Les songes du savoir, de la "belle endormie" à la "belle au bois dormant" », *Littérature,* n° 58, mai 1985, p. 91-107.
Jacques Barchilon, « Vers l'inconscient de *La Belle au bois dormant* », *Cermeil*, vol. II, 5, février 1986, p. 88-92.
Jules Brody, « Charles Perrault, conteur *du* moderne », dans L. Godard de Donville (éd.), *D'un siècle à l'autre. Anciens et modernes,* Actes du XVIe colloque du CMR 17 (janvier 1986), Marseille, 1987, p. 79-90.

LE PETIT CHAPERON ROUGE

Victor Laruccia, « Little Red Hiding Hood's Metacommentary : Paradoxical Injunction, Semiotics and Behaviour », *Modern Language Notes*, vol. XC, 4, 1975, p. 517-534.
Pierre Rodriguez, « L'éveil des sens dans *Le Petit chaperon rouge* », *Littérature*, n° 47, octobre 1982, pp. 41-51.
Bernadette Bricout, « Les deux chemins du petit chaperon rouge », dans *Frontières du conte*, textes réunis par F. Marotin, Paris-Lyon, Éd. du CNRS, 1982, p. 47-54.
Jacques Chupeau, « Sur l'équivoque enjouée au Grand Siècle : l'exemple du *Petit Chaperon rouge* de Charles Perrault », *XVIIe siècle*, 150, janvier-mars 1986, p. 35-42.
Pierre Rodriguez, « L'éveil des sens dans *Le Petit Chaperon rouge* », *Littérature*, 63, octobre 1986, p. 55-64.
Claude La Genardière, « Dans l'entre-deux mères : lecture du *Petit chaperon rouge* », *Poétique*, n° 76, 1988, p. 415-427.
Éric Mechoulan, « Il n'y a pas de fées, il n'y a que des interprétations : lecture du *Petit chaperon rouge* », *Papers on*

French Seventeenth Century Literature, vol. XIX, n° 37, 1992, p. 489-500.
Anne-Marie Garat, *Une faim de loup. Lecture du* Petit Chaperon rouge, Arles, Actes Sud, 2004.
Marc Escola, *Lupus in fabula. Six façons d'affabuler La Fontaine,* Presses universitaires de Vincennes, 2004, chap. I : « Brèves histoires de loups ».

BARBE BLEUE

Claude Bremond, « La barbe et le sang bleus », dans *Une nouvelle civilisation ? Hommage à G. Friedmann*, Gallimard, 1973, p. 355-366.
Michel Tournier, *Le Vol du vampire,* Mercure de France, 1981, rééd. Gallimard, coll. « Folio essais », 1994, p. 38-43 : « *Barbe-Bleue* ou le secret du conte ».
Philip Lewis, « Bluebeard's Magic Key », *Actes de Banff (1986)*, Biblio 17 n° 30, 1987, p. 41-51.

LE CHAT BOTTÉ

René Comoth, « Du "Pentamerone" aux "Contes de ma mère l'oye" », *Marche romane,* vol. XXIII, n° 1, 1973, p. 23-31 (comprend le texte intégral du conte de Basile).
Friedrich Wolfzettel, « Die soziale Wirklichkeit im Märchen » [la réalité sociale dans le conte] : Charles Perrault, *Le Chat botté* », *Lendemains*, août 1975, p. 99-112.
Louis Marin, « Puss in Boots : Power of Signs — Signs of Power », *Diacritics*, 1977, p. 54-63. Repris dans L. Marin, *Politiques de la représentation*, Kimé, coll. « Collège international de philosophie », 2005.
Louis Marin, *Le récit est un piège*, Éditions de Minuit, 1978, chap. IV, « À la conquête du pouvoir », p. 117-143 (paral-

lèle avec le premier des *Trois Discours sur la condition des grands* de Pascal).
Denis Escarpit, *Histoire d'un conte. « Le Chat botté » en France et en Angleterre*, Didier Érudition, 1985 (2 vol.).
Nicolas Gaudin, « Étude socio-critique du *Chat Botté* de Perrault », *The French Review*, vol. LIX, 5, avril 1986, p. 701-708.
Un chapitre du livre de Jeanne Morgan (ci-dessus, p. 224) est consacré à l'analyse du *Chat botté*.

LES FÉES

Louis Marin, « Essai d'analyse structurale d'un conte de Perrault : *Les Fées* », dans *Études sémiologiques*, Klincksieck, 1971, p. 297-318.
Daniel Gilson, « Le jeu des adjectifs et des majuscules dans *Les Fées* de Perrault », *Recherches sur le conte merveilleux*, sous la dir. de G. Jacques, Louvain-la-Neuve, 1981, p. 57-71.
Marc Fumaroli, « *Les Fées* de Charles Perrault ou De la littérature », dans *Le Statut de la littérature. Mélanges P. Bénichou,* Genève, Droz, 1982, p. 159-186 ; repris sous le titre « Les *Contes* de Perrault ou l'éducation de la douceur », dans *La Diplomatie de l'esprit*, Hermann, coll. « Savoir : Lettres », 1994, p. 441-478 (comparaison avec « Les Enchantements de l'éloquence » de Mlle Lhéritier).

CENDRILLON

Michel Serres, « Les métaphores de la cendre ou introduction à la féerie expérimentale », *Critiques,* n° 246, novembre 1967, p. 906-911.
Claude Bremond, « Les bons récompensés et les méchants

punis. Morphologie du conte merveilleux français », dans *Sémiotique narrative et textuelle*, Larousse, 1973, p. 97-121.

Pierre Maranda, « Cendrillon : théorie des graphes et des ensembles », dans *Sémiotique narrative et textuelle*, éd. cit., p. 122-136.

Jacques Courtès, « Lecture sémiotique de *Cendrillon* », dans *Introduction à la sémiotique narrative et discursive*, Hachette Université, 1978, p. 109-138.

Algirdas-Julien Greimas et Jacques Courtès, « Cendrillon va au bal... Les rôles et les figures dans la littérature orale française », dans *Systèmes de signes. Hommage à G. Dieterlen*, Hermann, 1978, p. 243-257.

Timothy Murray, « A Marvellous guide to anamorphosis : *Cendrillon ou la Petite Pantoufle de verre* », *Modern Language Notes*, n° 91, 1976, p. 1276-1295.

Cahiers de littérature orale, n° 25, 1989 : *Cendrillons*.

RIQUET À LA HOUPPE

Jacques Barchilon, « Beauty and the Beast. From Muth to Fairy Tales », *Psychoanalysis and the Psychoanalytical Review,* vol. XXXXVI, 4, 1960, p. 1-12.

LE PETIT POUCET

Louis Marin, « L'ogre de Charles Perrault ou le portrait inversé du Roi », dans *L'Ogre. Mélanges pour Jacques Le Goff,* Gallimard, 1992, p. 283-302. Repris dans L. Marin, *Politiques de la représentation*, Kimé, coll. « Collège international de philosophie », 2005.

TABLE

DOSSIER

Composition I.G.S.
Impression Bussière à Saint-Amand (Cher),
le 19 décembre 2006.
Dépôt légal : décembre 2006.
1er dépôt légal dans la collection : octobre 2005.
Numéro d'imprimeur : 064317/1.
ISBN 978-2-07-030497-4./Imprimé en France.